Guillaume Sire

Où la lumière s'effondre

roman

PLON
www.plon.fr

12, avenue d'Italie – 75013 Paris
Tél. : 01 44 16 09 00
Fax : 01 44 16 09 01
www.plon.fr

ISBN : 978-2-259-24328-5

À la mémoire d'Aaron Swartz

« Les techniciens tendent toujours à se rendre souverains, parce qu'ils sentent qu'ils connaissent leur affaire ; et c'est tout à fait légitime de leur part. La responsabilité du mal qui, lorsqu'ils y parviennent, en est l'effet inévitable incombe exclusivement à ceux qui les ont laissés faire. »

Simone Weil, 1943, *L'Enracinement*.

1

Prométhée

```
($blaze_of_night{moon} == black_hole)

if ((light eq dark) && (dark eq light)
   && ($blaze_of_night{moon} == black_hole)
   && ($ravens_wing{bright} == $tin{bright})){
my $love = $you = $sin{darkness} + 1 ;
};
```

Angie Winterbottom

La balle l'a traversé comme un rayon de soleil. J'attends mon tour mais rien, un seul coup, une seule balle. La mort l'a préféré. Paul s'enroule autour de la trajectoire.

— Robin, dit-il, je vais mourir.

— Nous ne pouvons pas mourir.

— Robin, répète-t-il.

Il fait nuit à San Francisco. Le ciel est jaune, l'océan noir comme du cirage. La lune heurtera bientôt une plage hérissée de couteaux japonais.

— Qu'avons-nous fait ?

Encore.

— Robin, qu'avons-nous fait ?

Paul Mercier, mon ami d'enfance, va mourir. Ses cheveux et ses ongles pousseront deux ou trois semaines sous la glaise d'un cimetière, puis s'arrêteront. Julia portera le deuil deux mois, un an, avant d'ouvrir un compte Tinder.

Les dix mille soldats de l'opération Pandora retourneront à leur quotidien ; aucun sacrifice ; ils ne résisteront à rien. Les dix mille soldats c'était Paul dix mille fois.

— Il faut agir, dit Paul plus convaincu que jamais. Julia t'aidera…

Je sais construire, calculer, je ne sais pas détruire ou tuer.

Je n'ai jamais rien stoppé.

Paul a pris la tête d'une armée de dix mille hommes qui ont des noms, des visages, qui ont des parents. Il s'est battu contre les États et les entreprises du monde entier.

C'était une guerre, sa guerre ; c'était la guerre, putain ; Paul est tombé au champ d'honneur.

— Pourquoi y es-tu allé ?

Larmes, tremblements.

— Il faut les arrêter, couper les câbles, les nœuds. J'ai créé un programme, Robin. Tu coordonneras les opérations. Julia te montrera. Il faut détruire Internet.

— Impossible.

— Il y a une faille.

Que feront dix mille hommes lorsque le jour viendra ? Obéir ? Ils ne m'obéiront pas. Pas à moi. Ils ne m'écouteront pas, ni Julia. Seul Paul pouvait diriger Pandora.

— Je n'y arriverai pas.

De toute évidence, le tireur avait des instructions. Je ne suis pas courageux au point de constituer une menace.

Moi, j'existe tant qu'on n'y pense pas.

Je me demande une seconde s'ils ont pu tirer aussi sur Julia, et puis je réalise que c'est peu probable. Elle n'est pas dangereuse parce qu'elle n'a aucune compétence. Elle fait partie de ceux qui croient qu'ils utilisent Internet quand Internet les utilise. Dans un monde athée, horizontal, un monde de spécialistes, seuls les techniciens sont libres – ce sont les seuls à risquer leur vie.

Paul a fédéré une armée d'étudiants, lycéens, cadres, professeurs, peintres, musiciens, agriculteurs, juges, ingénieurs, ouvriers, soldats. Ils doivent intervenir au même instant en différents endroits. Personne ne connaît ni le jour ni l'heure ni les lieux. Opération secrète, objectif : détruire Internet. Nom de code : *Pandora*. Mot de passe : *Elpis*, « l'espoir » en grec (c'est ce qui reste à l'intérieur de la jarre de Pandore une fois que la vieillesse, la maladie, la guerre, la famine, la misère, la folie, le vice, la tromperie, la passion et l'orgueil en sont sortis).

Julia a choisi le nom de code et le mot de passe. Elle ne sait pas écrire un programme informatique mais pour la mythologie elle est douée.

Pas un gouvernement n'est au courant, aucune entreprise ; moi-même j'ignore les cibles exactes. Paul m'a dit que c'était pour bientôt ; il me l'a dit tout à l'heure dans une cafétéria de Woodside.

— Veux-tu en être, Robin ?

— Non.

Il a répété :

— Robin, veux-tu en être ?

Une troisième fois :

— En seras-tu ?

Nous sommes une poignée sur Terre capables de détruire Internet.

— Je le savais, a-t-il murmuré en regardant par-dessus mon épaule. Tu n'es qu'un lâche.

J'ai hésité puis finalement je me suis tu.

— Julia pensait que ce n'était pas la peine de te demander, mais moi j'ai voulu croire qu'elle se trompait. Je voulais qu'elle se trompe. Nous avons besoin de toi, Robin… Les virus doivent être reprogrammés, les *rootkits* vérifiés.

Depuis que Paul est avec Julia, il m'aime de moins en moins. Au début de leur histoire, j'ai pensé que je ferais partie de la bande : les trois mousquetaires, etc. J'aurais voulu que Julia m'apprécie, mais elle a préféré m'écarter. Était-ce parce qu'elle ne m'aimait pas que Julia détestait Internet ? Était-ce parce qu'il aimait Julia que Paul s'est mis à moins m'aimer au point de vouloir détruire le réseau, les liens, moi, notre amitié ?

Paul Mercier n'a pas toujours détesté Internet. Il croyait autrefois que l'informatique était l'espoir du monde : révolution horizontale, liberté d'expression, accès au savoir, possibilité d'entreprendre, culture, partage, intelligence collective. Il croyait qu'Internet permettrait d'en finir avec l'espace et le temps, la censure, les coûts de production. La progression sociale viendrait selon lui de l'innovation capitale.

Paul y a cru, puis a fait volte-face.

Il a regretté d'avoir participé au développement du réseau comme il aurait regretté d'avoir donné aux hommes le feu pour cuire la viande et chauffer la salle commune pendant l'hiver – ce feu avec lequel ils ont préféré torturer et décimer leurs ennemis ; comme Prométhée, Paul a voulu donner aux hommes des *possibilités* ; il a cueilli pour eux le fruit sacré d'un arbre interdit qu'ils ont ravagé sans y avoir goûté, ou si peu.

Et si mal.

J'ai appelé les secours.

Larry a répondu. Larry répond toujours.

— Ils ont tiré sur Paul.

— Où es-tu ?

— Géolocalise-moi !

Larry m'a dit qu'il s'en occupait. Larry s'occupe toujours de tout.

Larry Page a créé le moteur de recherche Google en 1998 avec Sergey Brin, alors que Paul et moi étions encore élèves au collège Pierre-de-Fermat, en France, à Toulouse ; puis il a dirigé la firme du même nom qui, en moins de dix ans, a envahi le monde.

Larry a envahi le monde.

Parce que l'opération Pandora saccagera l'empire Google, Larry pourrait être celui qui a commandité l'assassinat. Un suspect idéal. Heureusement, il est trop doux pour être cohérent. Je peux avoir confiance en Larry.

— L'ambulance arrive. Tu dois tenir bon.

Encore des tremblements.

— Paul tiendra bon si tu tiens bon, ajoute Larry.

Nous n'aurions pas dû aller dans ce restaurant de Woodside, chez Buck's, où le *coffee cake* est de la même couleur marron que les frites qu'on enduit de ketchup Heinz ou de Miracle Whip.

Je n'irai plus chez Buck's.

— Allô, Julia, Julia ? Ils ont tiré sur Paul.

Elle pousse un cri sinistre, presque calme.

— Tu n'as rien ?

— Non.

— Alors ce sont eux.

Elle ne me suspecte pas une seconde. Julia me connaît trop bien pour croire que je puisse tenter d'assassiner quelqu'un.

— L'ambulance arrive.

Elle ne répond rien, anéantie ; j'entends ses larmes dans le téléphone ; elles coulent dans mon oreille. Tout cela ne serait pas arrivé si elle avait accepté de partager Paul avec moi.

— Je vous rejoins à l'hôpital, dit-elle avant de raccrocher.

Une voiture approche, j'essaie de lui faire signe mais elle ne s'arrête pas. Ni la suivante. Les chauffeurs me voient couvert de sang, ils ont peur, ils accélèrent. On a peur aux États-Unis car tout le monde a un flingue.

C'est parce qu'on a peur aux États-Unis que tout le monde a un flingue.

Je hurle mais personne ne vient.

Personne.

Je m'approche d'une maison. Une fenêtre s'ouvre d'où jaillit le canon d'un fusil.

— Un pas de plus et je te crève, sale immigré !

Une autre maison. Cette fois, c'est un Desert Eagle (je le reconnais parce que mon avatar dans *Call of Duty* a le même), une voix d'enfant :

— T'approche pas ou je tire, sale immigré !

La nuit nous sommes tous des immigrés.

Le sang de Paul est épais, rouge foncé, presque noir. Dans les jeux vidéo, il est rose.

Le vent balaie la rue ourlée de jardinets identiques. Un chien passe au rythme universel des chiens qui ne font que passer.

Nouvelle voiture, elle accélère – ses phares : deux anges rouges.

L'épicerie est trop loin pour que j'y aille à pied. Le gars m'aurait aidé, car c'est un Mexicain ; il a un flingue, mais c'est un Mexicain.

Au loin, la lumière artificielle de la Silicon Valley frappe le ciel comme des milliards de litres de jus d'orange sur un drapeau blanc et noir. C'est mon terrain de jeux. C'était mon paradis.

Là-bas, Paul et moi connaissons chaque visage, chaque prénom. Ils nous suivent sur Twitter. Nous avons effectué des introductions en Bourse à la suite desquelles la valeur des actifs a quintuplé en quatre jours. Nous avons organisé le rachat d'Instagram par Facebook pour un milliard de dollars et le rachat de

Nest Labs par Google pour trois milliards de dollars. Nous avons créé la plate-forme Uber. Midas de l'immatériel, ce à quoi nous pensons se transforme en or.

Paul n'est pas mort, il suffoque.

L'ambulance arrivera-t-elle à temps ?

Julia et Paul veulent détruire le réseau à cause duquel les *hedge funds* ruinent des pays entiers en une microseconde et à cause duquel des hommes cagoulés enferment des femmes dans des caves au Bénin pour tourner des *real snuff movies* en direct : connexion sécurisée, caméras HD, l'internaute paie pour qu'on coupe une main à la fille, qu'on lui écrase des cigarettes sur le bout des seins, qu'on la gifle, qu'on la sodomise ou qu'on l'égorge ; il suffit d'y mettre le prix ; ce n'est pas cher et vous avez la certitude qu'aucune autorité ne remontera jusqu'à vous.

Paul Mercier était un dieu dans la Silicon Valley, mais il s'est retourné contre sa création. Rien de plus dangereux pour un dieu que d'être un danger pour ses fidèles. Seul le culte est immortel.

— Tu dois détruire Internet.

— Je n'y arriverai pas.

— Je te hais.

— Tu délires…

— Je te hais, Robin.

Les ambulanciers arrivent enfin. Leur gyrophare tire un trait aigu sur le front de la nuit. Ils me reconnaissent en une fraction de seconde. (Aux États-Unis, les ambulanciers sont abonnés à *Fortune*.)

— Que s'est-il passé, monsieur Valéry ?

— Quelqu'un a tiré.

— Qui ?

— Vous êtes flic ou médecin ?

— Je suis infirmier.
— Qu'attendez-vous ?
— Nous prévenons la police.
— Je vous dis qu'on nous a tiré dessus !

Ils installent Paul sur un brancard où ils le perfusent de tubes affreusement transparents. La vie de mon ami est assistée par des machines. Ça me rassure parce que je sais réparer les machines.

Au moins c'est moi qui suis près de lui dans cette ambulance, pas Julia. S'il doit mourir, ses derniers mots seront pour moi.

Un des ambulanciers téléphone pour avertir l'hôpital de notre arrivée imminente. Je ne peux m'empêcher de penser qu'il faudrait développer une application grâce à laquelle les données du tensiomètre et la géolocalisation seraient communiquées en direct au service d'urgence, de telle sorte qu'on n'aurait plus besoin de prévenir l'hôpital par téléphone.

Julia me rappelle pour savoir à quel hôpital nous allons.

— El Camino, je réponds.
— Quoi ?
— « Le chemin ».

Elle sanglote mais elle a repris ses esprits.

— Comment va-t-il ?
— Impossible de savoir…

Nous filons dans les rues normales de San Francisco. Les ambulanciers ne sont ni inquiets ni rassurés. Pour eux, rien n'est plus commun qu'un homme abattu par balle dans un quartier résidentiel.

— La police veut savoir qui a tiré.
— C'est un projet, dis-je en regardant avec dégoût une poche de liquide mauve.

L'ambulancier hurle dans son téléphone.

— Un projet, il dit !

Je confirme.

— Un projet a tiré.

Au fond de moi, je pense que si Paul n'avait pas rencontré Julia, il n'y aurait pas eu d'assassinat. Elle n'y connaît rien en informatique. Elle a cru aimer Internet mais c'était de la passion ; la passion va de l'adoration à la haine ; aussi est-ce sans surprise que Julia s'est mise à haïr Internet et a convaincu Paul, aveuglé, lui, par sa passion pour elle… L'amour, le vrai, exige la compréhension. Seuls les techniciens peuvent *aimer* la technologie, je veux dire l'aimer vraiment, durablement, pour le meilleur et pour le pire, grandir quand elle grandit et prendre feu quand elle s'allume.

— Ils disent qu'ils ne comprennent pas, relance l'ambulancier.

— Ils comprendront.

— La police nous demande si vous êtes musulman.

Ce sont les amis de Paul qui ont commandité ce crime, mes amis, les amis de Larry Page et de Sergey Brin ; ce sont les amis de Mark Zuckerberg. Les amis de Google et Facebook.

Ce sont eux, nous.

Les patrons du web ont deviné ce que Paul et Julia préparaient. Dix mille hommes… Sûr, ils savaient. Alors ils ont opté pour la vieille méthode. Ils n'ont tiré que sur Paul.

J'ai vu le tireur. Je ne l'oublierai pas : un obèse blanc avec une casquette des Lakers. Il est apparu derrière nous et il a tiré.

Que faire maintenant ?

Je sais créer de la valeur mais je ne suis pas valeureux. Les ennemis de Paul croient que je ne tenterai rien.

J'imagine le commanditaire lorsqu'il a passé l'ordre :

— L'autre, le petit, ne vous en préoccupez pas.

Comment identifier l'assassin et ses payeurs ? Comment les faire payer ?

Je pense à cela en serrant la main de mon ami perfusé.

Le tireur a très probablement acheté son arme grâce à un Routeur Oignon, une technologie que j'ai moi-même mise au point. L'objectif est de perdre les flux d'information dans un empilement de strates logicielles disposées comme la peau d'un oignon. En l'inventant, je pensais que les internautes s'en serviraient pour échanger de la musique et des films, pas de la méthédrine et des flingues. Une fois de plus, Paul a eu raison et je me suis trompé.

— J'ai libéré la culture, ai-je répondu lorsqu'il m'a demandé, consterné, pourquoi j'avais conçu un dispositif aussi dangereux. Et puis, ai-je poursuivi, quelqu'un aurait fini par le faire, non ? Quand tu as une idée, quelqu'un a la même que toi au même moment. Il faut le prendre de vitesse. C'est comme ça que ça marche : Internet, la génétique. Comme ça qu'on avance. Que ça vienne de toi ou d'un autre, de toute façon ça viendra, quoi qu'en disent les comités d'éthique.

— Tu me fais pitié, a dit Paul.

— Zeus sait tout et pourtant il a laissé faire Prométhée.

Grâce à TOR (*The Oignon Router*), des millions d'individus échangent tous les jours des films, des albums, des séries, des livres ; ils se procurent de la drogue, des armes à feu, des champignons hallucinogènes, des défenses d'éléphant et des vidéos d'endoctrinement ou de torture ; le nazisme a retrouvé sa tribune, la barbarie son spectacle, le fanatisme son autel, le révisionnisme sa chaire ; Daesh s'organise.

Lorsqu'un journaliste du *New York Times* m'a interrogé sur la moralité de mon invention, j'ai répondu qu'on ne condamnait pas pour meurtre les fabricants de couteaux.

— Au moins, ai-je expliqué, le président des États-Unis ne pourra plus espionner nos conversations.

— Ne craignez-vous pas d'avoir créé une plate-forme où la pire des offres rencontrera la pire des demandes ?

Les journalistes, à mon avis, sont des rats. Sans les rats, les égouts seraient aussi sales mais moins bruyants.

Après avoir tiré sur Paul, l'assassin s'est enfui dans une Ford. Je crois me souvenir de la plaque d'immatriculation. J'en prends note sur mon téléphone.

Paul se réveille et crache un demi-litre de sang. Il écarquille les yeux en me voyant. Les ambulanciers le maintiennent.

Enfer.

Je décide de retrouver les assassins et de les atomiser. Je réduirai à néant le gros lard et ses commanditaires. Je leur ferai payer. Ils croient que je n'ai pas le courage de les détruire… Je n'ai pas de courage, c'est vrai, mais je les détruirai.

Nous sommes à l'hôpital El Camino. Je cours derrière les ambulanciers qui courent derrière les médecins qui courent derrière le brancard – chacun après la vie de Paul.

Une des infirmières est belle : châtain, peau hâlée, les seins dans les plis de la blouse, genre sirène, figure de proue. Je suis sûr qu'elle a un smartphone, un compte

Facebook, une messagerie Gmail, qu'elle s'est déjà filmée en train de baiser, qu'elle pleure le soir devant ses séries préférées, qu'elle achète des robes en démarque et consomme des conneries sur Amazon. Il me suffit de voir son nom pour trouver ces renseignements. Je fais ça en général avec les jolies filles : je les harcèle sans qu'elles le sachent. Plutôt que de me dénuder comme les exhibitionnistes, c'est ma proie que je dénude, je la perce au grand jour : ses secrets, ses manques, les messages qu'elle échange avec un ami de son mari ; je m'enduis de ses données. Si c'est excitant, je me masturbe devant les photos de famille. Je vois le nom de l'infirmière. Je mémorise, c'en est assez. Je vais identifier les assassins, les faire payer, puis je la retrouverai et j'éjaculerai dans le lit de ses secrets.

Les médecins disent des mots que je ne comprends pas. Apparemment, ils sont inquiets, mais séquentiels, pareils à de vieux ordinateurs : inhumains et formidablement précis – *administratifs*.

Ils se replient derrière les phrases habituelles.

— Nous ferons tout notre possible, etc.

Je n'aime pas les médecins. C'est pour cela que j'ai créé le site web Doctorus. Il suffit de décrire votre pathologie, et les membres du forum vous disent comment la soigner. On s'appuie sur une intelligence collective et non sur la compétence supposée d'un être humain qui n'a peut-être pas eu la moyenne à ses examens et s'en sera sorti en grappillant le clitoris de la doyenne. Doctorus est un chef-d'œuvre d'empirisme ; ceux qui discutent d'une maladie ont eu cette maladie, ils ont des boutons, ils toussent, ils meurent. Les souris ont remplacé les laborantins. On vote pour les réponses, c'est-à-dire qu'on introduit de la démocratie dans les faits scientifiques. Le diagnostic est gratuit mais rémunérateur grâce à des publicités pour des crèmes antivergetures et pour d'autres substances aux plantes, algues, minerais roses, graisse d'aloe vera, sueur de carotte. J'ai gagné des millions puis vendu le site à un fonds de pension canadien. Doctorus soigne aujourd'hui la planète entière. Les pauvres peuvent guérir à moindre frais une engelure, une grippe, des oreillons, un cancer, le sida. Certains meurent parce qu'ils ne sont pas sur la bonne page du forum, mais la bonne page existe ; la bonne page doit exister. Pour ma part, je consulte un médecin trois fois par semaine ; je suis extrêmement riche et je ne *conçois* pas la mort.

Les gens que nous croisons dans l'hôpital me reconnaissent. L'un d'eux prend des photos, sûrement pour Instagram dont je suis actionnaire à 5,7 pour cent. Il m'a reconnu, c'est foutu : hashtag, mon nom, mes comptes Facebook, Twitter, journalistes, blogueurs – prisonnier de l'hydre que j'ai couvée, enfantée, éduquée. Je suis une star en Californie. On va savoir que Paul a été touché, qu'il n'est pas mort et que je suis avec lui à l'hôpital El Camino. Le tueur reviendra et cette fois il visera la tête. Ça ne sera pas beau à voir. Ou bien il étouffera Paul avec un oreiller. Ou alors il se déguisera en infirmier et introduira du poison dans la perfusion.

Les ambulanciers ont-ils une arme sur eux ? En tout cas ils ont un compte Facebook, un téléphone et un ordinateur. Comme n'importe qui, donc, ils sont vulnérables. S'ils ne sauvent pas Paul, je piraterai leurs ordinateurs. Pendant que la vie de mon ami se trouve entre leurs mains, ils ne le savent pas mais je tiens la leur entre les miennes.

Une infirmière m'indique la salle d'attente. Pas mal, je regarde le badge.

Je ne sais pas attendre. Je n'ai jamais rien attendu. Attendre c'est mourir – Godot joue à *World of Warcraft*.

Ils étaient dix autour du brancard sur lequel ils ont attaché mon ami. Les médecins criaient comme des barbares.

Le sang sur ma chemise a l'air de moins en moins vrai. Dans ce couloir, les interrupteurs sont la seule chose dont je suis familier : une pression, trois minutes, noir complet. Ils sont fiables, droits, sans surprise ; ils fonctionnent.

Le reste s'écroule comme une idée.

Julia a l'air, comme toujours, de sortir d'une teuf étudiante : la bourgeoise révolutionnaire, tantriste folle de mangas japonais, mauvaise lectrice de Nietzsche, acupunctrice psychanalysée. Sur son visage : désespoir, peur – la peur pour l'avenir, peur d'être seule... Le compte Tinder n'est pas loin.

— As-tu appelé ses parents ? demande-t-elle dès qu'elle arrive à l'hôpital. Il faut appeler ses parents.

Il n'y a que les défenseurs de l'environnement et de la liberté d'expression pour donner des ordres de cette façon. Je trouve Julia très belle, excitante, mais ridicule avec sa coupe garçonne, ses yeux verts, sans maquillage, son pantalon de treillis, son T-shirt *We are Anonymous*, ses bracelets en tissu, son faux corps, ses fausses larmes, ses fausses idées à propos d'Internet, de Paul ou de moi.

Elle ne veut pas rester dans la salle d'attente, comme si cela mettait en péril la vie de Paul que nous soyons ensemble sans lui.

Je la regarde s'éloigner dans ses vêtements de geek, et je la hais. C'est peut-être ça la haine : croire que si l'autre n'existait pas, le monde serait sauvé.

Le téléphone sonne longtemps. Il est six heures du matin en France.

— Allô, Michel ?

— Robin ! s'écrie-t-il en comprenant qu'il y a eu un problème.

Il s'attend au pire, fasciné par le pire.

— Robin, que s'est-il passé ?

Aussitôt que j'ai annoncé la nouvelle, le cœur de Michel procède à un envoi massif des données vers le cerveau – colère, tristesse –, si bien que le cerveau finit par s'enrayer, incapable de traiter autant d'informations en si peu de temps.

Il déploie sa tristesse à l'intérieur du téléphone. Une bouteille à la mer, sans la mer.

Il voudrait s'accrocher à ma voix qui n'a pas de corps, dire des phrases pour continuer d'être présent en ma présence, exister dans les trois trous du téléphone qui ont cela d'atroce qu'ils ne sont pas les mêmes trois trous que ceux par lesquels Michel entend ma voix à l'autre extrémité de l'appareil. Soit il parle, soit je parle ; l'existence de l'un supprime celle de l'autre.

Nous ne sommes pas sous le même fuseau horaire. Là-bas, chez Michel, en France, à Toulouse, où Paul est né, le soleil se lève, alors qu'ici la nuit a lacéré le ciel. On ne réussit pas à être dramatique au téléphone autant qu'on voudrait. La voix ne suffit pas à déchirer la pensée.

Michel Mercier, en poste au conseil général de Haute-Garonne depuis trente-quatre ans, vient d'apprendre que son fils Paul, l'un des entrepreneurs les plus célèbres de Californie, riche à millions, « plein aux as », comme dit Michel, a été abattu par balle sur la côte ouest des États-Unis.

Quand il me demande pourquoi on nous a tiré dessus, je prétends qu'on a essayé de voler nos portefeuilles. Sylvie, la mère de Paul, gémit derrière son mari.

— Les médecins m'ont promis de faire tout ce qu'ils peuvent.

— Comment, tout ce qu'ils peuvent ! hurle Michel.

— Il s'en sortira.

— Ne raconte pas de conneries.

— Il s'en sortira je te dis.

— Sylvie, ils ont tué le petit !

Les parents de Paul ont pris l'habitude de venir en Californie une fois par an. Sylvie attache un bandana dans ses cheveux et Michel enfile un blouson avec un aigle dans le dos, de sorte qu'ils ressemblent moins à des Américains qu'à des fans de Johnny Halliday.

— Tu aurais dû riposter. Lui foutre une bastos entre les yeux au négro !

— Je n'ai pas d'arme, Michel, et le tireur était blanc.

— Bon Dieu, pas d'arme ! Tu devrais en avoir une, Robin. Aux *States*, tu devrais. Je l'ai dit à Polo, s'il m'avait écouté... Il vous faut des armes, les garçons. Tu verrais ce qu'on voit à la télé. C'est des fous les Américains, des fous !

Michel continue à parler, comme s'il cherchait à occuper l'espace auquel sa voix peut prétendre pour être, au moins par là, comme ça, proche de ce fils que bientôt il perdra.

Paul n'a ni frère ni sœur – comme moi : un éléphant dans un landau. Ses parents l'ont inscrit dans une école Montessori parce que c'était proche de chez eux. Moi j'y étais parce que ma mère avait lu Françoise Dolto dont le fils obèse a chanté des chansons débiles avant de mourir dans son pipi. Nous nous sommes rencontrés au milieu des cubes rouges et verts, dans une école où nous avions le droit d'insulter la maîtresse – éduqués aux bonbons et aux caprices, déconstruction des genres, aplanissement des hiérarchies, compétence supposée générale ; nos parents cherchaient à bien faire mais ne nous comprenaient pas – enfants rois nés en 1981, en même temps que l'élection de François Mitterrand et que la commercialisation du premier ordinateur personnel par IBM.

Pour l'anniversaire de ses six ans, Paul avait invité tous les élèves de la classe. Les autres lui avaient offert des déguisements, un Yo-Yo, un tir aux pigeons, un jeu de dames – neufs mais vieux, inutiles, localisés. Moi une calculatrice Texas Instruments à cristaux liquides, le chef-d'œuvre de 1987. Je lui ai montré comment il était possible de créer des programmes et d'échanger des informations depuis sa calculatrice vers la mienne. Très vite, nous avons créé des logiciels malveillants que nous installions sur les calculatrices des autres élèves.

Les ordinateurs de l'école n'avaient aucun secret pour nous ; nous y branchions nos calculatrices et programmions des fenêtres pop-ups qui s'ouvraient sur un photomontage où le visage adipeux du directeur de l'école siégeait sur le corps d'Arnold Schwarzenegger.

— Qui a fait ça, pétard ! Quel est le con qui a fait ça ! s'égosillait le directeur, oublieux des commandements tutélaires de Maria Montessori.

Chez moi, nous installions des jeux sur l'ordinateur que mon père avait acheté. Paul me rendait visite après l'école pour utiliser l'ordinateur jusqu'à ce qu'on nous l'interdise, après quoi nous poursuivions sur nos calculatrices.

Fascinés par les États-Unis, nous ne l'étions pas comme l'étaient Michel et Sylvie Mercier, qui adoraient les motos et la musique, ni comme mes parents qui auraient prétendu qu'ils aimaient Fitzgerald et Faulkner ; ce que nous aimions, Paul et moi, c'était ce qu'il y avait de nouveau dans ce pays déjà usé : la technologie, Bill Gates et les nichons de Pamela Anderson. Quant aux mathématiques, nous les aimions parce qu'elles nous permettaient de programmer des situations et de donner vie à des personnages qui apprenaient et réagissaient – itérations, musique remixée, Norbert Wiener, Ken Kesey, Joseph Weizenbaum, la cybernétique... Avec une simple calculatrice, à l'âge de dix ans, nous nous déplacions dans un univers de pur code.

Artistes, compositeurs.

En plus des calculatrices, de l'ordinateur et de nos consoles de jeux (Sega Master System II, Super Nintendo, Game Boy), il y avait le Minitel. À la différence des autres systèmes, le Minitel ne se contentait pas de créer et de traiter l'information ; il la communiquait. Ce fut l'objet avec lequel nous nous sommes le plus amusés, dont nous avons le plus appris. Nous participions à des forums d'action politique en nous faisant passer pour des cinquantenaires communistes. Nous nous rendions sur des messageries roses où nous étions tantôt des femmes gonflées comme des ballons, tantôt des basketteurs membrés comme des rhinocéros, parlant à d'hypothétiques avatars de ce que nous leur « aurions fait » si nous nous étions trouvés en leur présence, de la manière dont nous « aurions » arraché leur culotte avec les dents et de la férocité qu'il y « aurait eu » dans nos étreintes. Un monde existait où les verbes étaient conjugués au conditionnel, surgissant de cet écran bicolore dont l'affichage se dévoilait du haut vers le bas. Cette petite machine plaça la France aux avant-postes du changement spatio-temporel le plus fou que l'humanité ait connu depuis la roue. Paul et moi avons créé notre propre service, qui consistait à partager avec les « mininautes » les solutions des mots croisés avant qu'elles ne paraissent dans les journaux du lendemain. Après six mois, nous comptions deux cent mille adhérents. Nos parents n'étaient bien sûr au courant de rien. Puis le jeu nous a lassés et nous avons décidé de supprimer la plate-forme que nous aurions pu vendre, je m'en rends compte à présent, pour une montagne d'argent à un entrepreneur ambitieux.

Julia a grandi à Seattle, Américaine typique : elle adore tout ce qui est adorable et déteste tout ce qui est détestable. Son manichéisme crétin n'a d'égal que sa fausse pudeur. Ses parents n'avaient pas de problème alors elle a eu des idéaux : l'égalité, etc., pourvu que ce soit cool et que ça corresponde à l'image qu'elle voulait obtenir d'elle-même, dévorée qu'elle était par l'envie d'être enviée.

J'étais avec Paul quand il l'a rencontrée. Nous venions de faire la démonstration d'un algorithme de personnalisation à Berkeley. C'était un événement important ; il y avait des chercheurs, des ingénieurs, des étudiants, des investisseurs, même des sociologues. L'algorithme que nous avons présenté s'apprêtait à irriguer l'ensemble du réseau. Il est encore aujourd'hui ce qui permet à Mme Durand – quarante ans, classe moyenne décomplexée, juilletiste, agnostique, accro à M6 – d'obtenir sur Google des résultats différents de M. Dupont – constitutionnaliste, lecteur de Léon Bloy, père de quatre enfants, catholique chevronné. Internet est devenu grâce à nous un miroir qui renvoie ce que vous lui montrez et vous dit ce que vous pensez en confirmant ce que vous croyez. Le monde parle votre langue ; on maintient

Calimero dans la coquille. Nous avons appelé notre programme, pour rire, CCC, 3C, pour : « *Cultural Capital Calculator* ». Un hommage à Bourdieu, ce pitre. Un essayiste nous a accusés de vouloir transformer Internet en une grappe de bulles hermétiques. À vrai dire, il n'avait pas tout à fait tort. Si vous êtes bête et pauvre, vous n'aurez sur Facebook que des amis bêtes et pauvres, et vous ne trouverez sur Google que des contenus appréciés par les gens bêtes et pauvres. Plus vous utilisez Internet, plus l'algorithme verrouillera autour de vous un horizon bête et pauvre. Paul croyait que cela permettrait d'adresser des contenus spécialisés à des spécialistes et des contenus pédagogiques à des non-spécialistes pour que ces derniers deviennent des spécialistes et soient à même de consulter à leur tour les contenus spécialisés. Seulement, ce n'est pas ce qui s'est passé. La personnalisation s'est naturellement orientée vers le niveau social au détriment du niveau de spécialisation. Et quand Paul a souhaité revenir en arrière, il était trop tard. 3C avait essaimé comme un virus.

Julia était belle mais vague, dépensée, contemporaine. Les hanches larges, une féminité de coquillage. En bonne militante, elle portait une veste militaire. Je me méfie des filles qui veulent changer le monde ; elles sont hystériques en général et ne s'épilent pas. Nous étions en T-shirt, Paul et moi, notre uniforme réglementaire. Sur le sien : *Superman*. Le mien : *Beetlejuice*. (Les investisseurs sont rassurés quand les ingénieurs ressemblent à des attardés.) La veste militaire, Superman ou Beetlejuice : trois façons de fuir l'Éden. Les vêtements c'est toujours un choix métaphysique. Julia avait les yeux rivés sur son téléphone, son ordinateur, sa tablette ; c'était l'usager type, semblable aux cinq cents millions d'individus qui utilisent 5 pour cent des capacités de leurs machines et qui, pourtant, défoncent leurs tirelires pour des terminaux du dernier cri. Ils ont fait la fortune d'Apple.

Elle est venue nous dire que notre algorithme 3C était une idée révolutionnaire, géniale, super, hyper, over, etc. Elle dévorait Paul des yeux. Moi, elle ne me regardait pas. Il y avait quelque chose de séduisant en elle. Je la trouvais belle parce qu'elle trouvait que Paul était beau. Je bandais en pensant qu'il la faisait mouiller. J'avais envie d'elle parce que je l'enviais, lui.

Elle nous expliqua qu'elle voulait hacker l'*Internet Society*. L'« *Isoc* » est le propriétaire du web. C'est une association non lucrative, riche à milliards, qui possède des implantations partout dans le monde. Elle finance notamment l'*Internet Engineering Task Force* (*IETF*), dont Paul et moi sommes membres depuis que nous avons quinze ans. Les tâches sont réparties de telle sorte que l'IETF décide de ce que le réseau doit être tandis que l'Isoc fait en sorte que cela soit possible. Il s'agit de la partie logistique et financière du développement d'Internet, des standards, des normes, des protocoles, des infrastructures. L'Isoc s'occupe du lobbying auprès des institutions : faire changer les lois, baisser les impôts. C'est le *back office* du réseau. L'essentiel de ses activités se déroule sur la côte est, dans l'ancien monde, près de la capitale. Il y a un continent entre eux et nous ; à chacun son océan : le leur domestiqué et politique, le nôtre sauvage, chamanique.

Julia ne nous connaissait que depuis une heure quand elle nous confia qu'elle prévoyait de hacker l'Isoc. Nous aurions pu la dénoncer, mais nous comprîmes qu'elle était inoffensive. Son plan était grotesque, elle n'y connaissait rien. C'est pour cela qu'elle mendiait notre aide.

Paul a accepté de lui prêter main-forte. Oh, trois fois rien : les serveurs de l'Isoc ont planté quelques heures et tout est rentré dans l'ordre. Ce fut assez pour que Julia ait le sentiment d'avoir amorcé une révolution anarchiste et pour que Paul se fasse sucer.

Je suis resté en dehors du coup, acceptant de ne jamais dire à nos copains de l'*Isoc* que Paul était l'auteur de cette plaisanterie.

À partir du moment où elle a compris que Paul était amoureux d'elle et qu'il ne la quitterait pas, quoi qu'il arrive, Julia a commencé à prétendre que je ne méritais pas mon « génie », ainsi qu'elle appelait mes compétences, sous prétexte qu'elle ne les avait pas. Elle s'étonnait également du fait que je n'aie pas de conscience politique, et elle insistait en prétendant que « les gens comme moi » étaient des « collaborateurs » sans jamais décrire ce à quoi, au juste, j'étais censé collaborer. Paul acquiesçait et ça me fendait le cœur.

Il m'a annoncé un jour qu'il prenait un appartement avec Julia. Puis il m'a expliqué solennellement que désormais elle ferait partie de la bande, qu'elle développerait des entreprises avec nous. J'ai fait une mauvaise blague et on n'en a plus parlé. Forcément, je me suis mis à moins voir Paul et à développer des projets de mon côté.

Un jour, à l'issue d'une conversation dont je suis heureux de ne pas avoir fait partie, Julia et Paul ont décrété d'un commun accord que la chair, à bien y réfléchir, était *inutile* ; ils préféraient parler sans se toucher, chacun à une extrémité du lit, avec au bout des doigts la possibilité de l'autre jamais actualisée. Platon contre Aristote. C'est Julia qui avait mis ce délire dans la tête de Paul. Ça l'excitait probablement. Masturbation, sauvagerie geek... L'abstinence fut une manière pour eux de s'enculer à tour de rôle.

Il me semble que c'est cela qui a fini de nous séparer, Paul et moi. De mon côté, je venais de rencontrer Liz, qui me ramenait au corps comme une racine à la terre, alors que Paul luttait contre les désirs dont Julia avait fait autant d'ennemis. C'était du spiritisme technologique, une sorte de renouveau bizarre des géodes des années 60, de la dégueulasserie conceptuelle. Ça lui tourna les méninges. Paul était à cran, de plus en plus colérique.

— Je vais tout faire péter, me dit-il la première fois qu'il évoqua son projet de détruire Internet.

J'attends des nouvelles dans le couloir qui a avalé le corps blessé de mon ami. Julia apparaît par intermittence près des machines à café, je la vois, je ne la vois pas, sa coupe de cheveux de gamine, son T-shirt *We are Anonymous*. Me soupçonne-t-elle ?

Je dois rester devant cette porte, la surveiller, empêcher qu'un malheur ne se produise.

Une toute jeune fille approche, ses cheveux en natte sur l'épaule. Squaw miniature : autre peuple, Indienne jeune et anachronique. Elle a des mocassins et des billes autour des poignets. Il n'y en a quasiment plus comme elle aux États-Unis. La plupart sniffent de la colle dans des réserves qui n'ont de naturel que l'épithète, à l'abri de taudis aux fenêtres minuscules, gangrenés par la télévision, ordinateur sans clavier, plus besoin de discuter pour passer le temps ni de communiquer pour s'informer, si bien que la peur du voisin a grandi et qu'on a perdu son identité pour devenir afro-indien, porto-africain ou indo-portoricain, mais pauvre surtout, sociologiquement dominé.

D'où vient cette Indienne de fête foraine ? Qui attend-elle ? Danse avec les Loups ?

Je me dis qu'un de ses proches doit être en salle d'opération. Ses yeux brillent, prêts à verser les larmes qui seront celles de la vie retrouvée ou du bonheur perdu mais qui, pour le moment, patientent à la surface.

Les Indiens d'autrefois voyaient le monde comme un réseau dont l'homme aurait été le nœud à la fois marginal et fondamental – une seule énergie. Puis des Occidentaux venus d'Orient ont enroulé leurs voiles autour des nuages ; ils ont séparé l'homme de la nature, la ville de la campagne, le dit de l'écrit, le mot de la chose, l'être de l'étant, la présence de l'absence, le masculin du féminin, la nature de la culture, le cœur du cerveau, l'archaïque du moderne, la *phusis* du *logos*, le primaire du savant, le mythe du symbole, l'intuition de la raison ; séparateurs – bouchers ontologiques.

Nous avons cru, Paul, Julia, moi, nos amis, qu'Internet rendrait à l'univers son unité en pulvérisant les catégories imperméables à l'intérieur desquelles nos ancêtres l'avaient réduit.

Hélas, le réseau n'aura été qu'une division de plus. Fracture numérique.

8-ZRT-617. C'est l'immatriculation du véhicule dans lequel a filé le tueur.

J'effectue une recherche depuis mon téléphone sur les fichiers de la police auxquels j'ai accès depuis que j'ai développé pour leur compte une application de géolocalisation et de traitement de données : Datacop. J'ai gardé les codes d'accès. Ça me rend de nombreux services.

J'inscris le numéro de la plaque et obtiens une adresse à San José ; l'enquête commencera là-bas.

Je décide de mettre un de mes employés sur le coup : Diego, un Salvadorien tatoué des pieds jusqu'à la tête, avec des muscles comme des faisceaux de melons, des cicatrices, enfance sous X, adolescence dans les gangs, pirate informatique, violeur, séquestreur, braqueur. Il m'aidera, car même s'il n'a pas confiance en moi, il aime Paul autant qu'on peut aimer un chef quand on n'a pas eu de parents.

— Allô Diego, c'est Robin, Robin Valéry, j'ai besoin de ton aide. On a tiré sur Paul Mercier... Oui, par-derrière... On va voir, nous sommes à l'hôpital... Les médecins sont inquiets... Je t'envoie une adresse, à San José, okay ? Je voudrais que tu ailles voir. Sois discret. D'accord. Oui, d'accord... La voiture ? Ford, rouge, une merde. Hein ?... Oui... Gros, très gros, obèse. Si tu le trouves, préviens-moi. J'attendrai ton appel.

Diego est un cliché. Et moi, Paul, les médecins, les infirmières... À bien y regarder, il semblerait qu'il n'y ait dans le monde civilisé pas autre chose que des clichés. C'est peut être ça *la civilisation* : une généralisation des clichés.

Diego ne parle bien ni l'espagnol ni l'anglais, il code des programmes informatiques comme autrefois les ouvriers pressaient le métal ou coupaient du bois. Dans le cadre d'une association de réinsertion, Paul a accepté de lui donner sa chance à condition qu'il promette de ne plus déraper. Nous l'avons embauché dans une de nos entreprises ; ce que j'ai accepté en pensant que si Diego dérapait de nouveau, ce serait pour nous, pour moi.

Lorsque le web fut créé, Paul et moi avons été parmi les premiers au courant : listes de diffusion, liens hypertextes. À bord des caravelles sur lesquelles nous embarquions sous le patronage génial de Tim Berners-Lee – notre maître à tous –, nous nous sentions comme des conquistadors, à ceci près que nous générions le Nouveau Monde en y progressant ; la Terre surgissait sous nos pieds.

Nos soldats étaient des symboles, les stratégies des grammaires, nos lances des signaux, nos déplacements des itérations. Nous disions « que cela fasse » et cela faisait.

Mon père n'avait jamais eu aucun talent sinon celui de savoir où le talent profiterait. Il comprit immédiatement qu'il y avait autre chose dans nos digressions que de simples jeux d'enfants. Capital-risqueur, il m'a capital-risqué. À l'âge de dix-huit ans, le premier chèque que j'ai signé était pour lui rembourser les cent mille francs dont j'avais eu besoin pour lancer une messagerie Minitel. Un chèque de deux cent mille francs.

Paul a fait cela sans goût particulier. Il l'a fait parce que, disait-il, le monde maintenant c'était *ça*, le combat avait lieu à l'intérieur du langage. Moi je l'ai fait pour tuer le temps, sans conviction ; je ne voulais ni réfléchir ni m'ennuyer. Et j'étais doué pour ça. Incroyablement doué.

Nous participâmes activement à trois réseaux. Le premier était l'*Internet Engineering Task Force* où nous mîmes au point certains des standards et des protocoles qui sont à la base d'Internet. Le second était le *World Wide Web Consortium*, communément appelé *W3C*, où l'on décide de ce qu'il sera possible de faire sur le web ; il s'agit d'une espèce d'Académie de la Toile, où sont instituées les nouvelles formules grammaticales et leurs conditions d'emploi. Même si beaucoup l'ignorent, l'humanité tout entière parle un langage créé dans cette arène. Et le langage, c'est le pouvoir. Le mot précède la chose depuis que notre civilisation est entrée dans l'Histoire. Il n'y a rien qui ne soit soumis au signifiant. Soit le mot tue la chose soit il la domestique ; c'est en nommant les animaux qu'Adam a pu les chasser et les asservir. Paul et moi, et quelques autres, nous possédions le langage. Nous choisissions les mots, les expressions, suffixes et préfixes, ce qu'il était possible de dire, quelles valeurs, quels sens, quels effets.

Gorgias, à notre époque, aurait codé.

Le troisième réseau s'appelait *The WELL*. Il avait été créé par Stewart Brand et d'autres adeptes des feux de camp, du LSD et des expériences médiatiques, une bande de fous déguisés en Aztèques, leurs cheveux pareils à des hiboux dont les ailes auraient successivement trempé dans des pots de couleurs différentes. Nous abordions un tas de sujets et pouvions nous disputer à propos de la manière dont on construit une cabane ou nous mettre d'accord sur les dérives géopolitiques de l'administration Clinton. Démocratie improvisée, n'importe qui était compétent pour parler de n'importe quoi. On échangeait des théories à propos de l'équation Boltzmann. C'est dans cette arène que fut créé le site de petites annonces gratuites Craiglist, pour le déploiement duquel Paul et moi avons œuvré en France. Ce site ruina le marché qui avait perfusé depuis des lustres la presse politique. Cela nous importait peu puisque le monde n'aurait bientôt plus besoin des journalistes.

Un médecin sort de la salle d'opération. Je perçois un frémissement dont je conclus que la peur de la mort n'épargne pas même les médecins. La blouse me dit quelque chose à propos de ce que la pensée veut, le frémissement à propos de ce dont elle est incapable. Sous la lumière verte et blanche, le chirurgien ressemble à un enfant. La jeune Indienne et moi le regardons, chacun dans l'attente d'une information supposée déclencher soulagement ou désespoir, et en l'absence de laquelle nos âmes sont condamnées à hésiter.

C'est à moi qu'il s'adresse. Je ne comprends pas tout de suite. Sur un ordinateur, je pourrais ralentir le rythme ou grossir les caractères. Le médecin voudrait me rassurer mais aucune information n'est précise. J'ai besoin d'une réponse : Paul va-t-il mourir ?

— C'est encore trop tôt pour le dire.

La gamine écoute comme si elle était concernée. Julia a surgi et s'est approchée.

— Quand ? demande-t-elle.

— Bientôt votre ami sera mort ou il sera vivant, répond le médecin.

— Et pour l'instant ?

— Pour l'instant, on ne peut pas dire.

— C'est qu'il n'est ni mort ni vivant, dis-je en bon quanticien.

Le médecin retourne en salle d'opération, soulagé d'avoir délivré son message. L'Indienne gratte le mur pour s'évader.

Mes souvenirs peuvent-ils maintenir Paul en vie ? Au moins ils m'occupent. Je ne sais pas m'ennuyer ni avoir le sentiment d'attendre. Faut du courage pour oublier.

Je me souviens de la première fois que nous avons entendu parler de Napster. Paul s'était inventé une passion pour la musique Metal. Il trouvait ça subversif. Il achetait des CD qu'on lui livrait par courrier. Il les compressait au format MP3, gravait les albums sur des CD vierges et revendait les compilations à une communauté aux cheveux longs, Doc Martens, vestes de clochards, T-shirts noirs sur lesquels des écritures fluorescentes bavaient. Grâce à l'argent, Paul se procurait de nouveaux CD, etc. Je faisais pareil avec les jeux vidéo : acheter, copier, revendre, acheter. J'aimais les jeux de guerre où il faut tuer des nazis, des communistes ou des Arabes. C'est alors que Paul m'a parlé de Napster et de ses inventeurs : Shawn Fanning et Sean Parker. Leur logiciel *peer-to-peer* permettait de mettre nos fichiers en ligne et de disposer du contenu des autres *seeders*. Finalement, tout était gratuit : la musique de Paul, mes jeux vidéo, mais aussi les films, les séries, les programmes, les livres, le porno. Shawn et Sean auraient pu faire payer l'accès à la plate-forme mais ont préféré la mettre en ligne gratuitement. C'était con de leur part mais c'était gauchiste ; ça leur plaisait ; ils croyaient participer à une espèce de guerre qui aurait ressemblé à celle qui oppose les corporations impérialistes aux LoTeks dans le film *Johnny Mnemonic*. Nous accédions à tout ce que nous voulions, il suffisait de lancer le téléchargement et d'attendre un jour ou deux, parfois quelques heures.

Shawn et Sean, maintenant, sont mes amis. Napster a été éventré par la justice américaine après deux ans d'une procédure épique. Ce qui a techniquement causé la perte du service fut le serveur central d'indexation. Nous avons retenu la leçon en distribuant aléatoirement les architectures des petits frères : Gnutella, KaZaA, Emule, LimeWire. Je n'ai plus jamais dépensé un centime pour un film ou un album. Sean et Shawn sont restés dans le circuit et, après avoir sorti le grand jeu devant les tribunaux, ont mis de côté leurs idéaux, comme ces drapeaux rangés dans les greniers européens. Milliardaires désormais, ils flambent sur le stock exchange.

Le commanditaire du meurtre pourrait être Shawn ou Sean, ou les deux ; ils y ont intérêt. Le gauchisme, c'est pour les étudiants naïfs. Les idéaux tuent, le cynisme commandite.

Julia se déplace comme un spectre dans les couloirs de l'hôpital. Pourquoi cet étrange ballet ? Qu'est-ce qu'on pense de la mort quand on est capable d'aimer sans faire l'amour ?

Les larmes ont séché sur ses joues. La peur a laissé la place à une apathie tragique. C'est la guerre, elle le sait, Paul aussi le savait. Un soldat sur le front n'est pas surpris de voir son intestin déroulé devant lui. « Pas de chance », pense-t-il, mais il n'est pas surpris.

Il y a les temps héroïques dans la vie et il y a le temps des drames ; tout le monde le sait. Paul le savait. Julia et moi venons de l'apprendre.

Le premier opus de la trilogie *Matrix*, mythe fondateur pour toute la culture geek, est sorti en salle à la fin des années 90. Paul publia un article à ce sujet qui connut un tel succès que les réalisateurs – les Wachowski, encore frères à l'époque – souhaitèrent le rencontrer. Quelques mois plus tard, il les aida à rédiger un scénario à partir d'une bande dessinée dont le film serait ensuite réalisé par James McTeigue : *V for Vendetta*.

L'encyclopédie participative Wikipédia fut créée après la sortie de *Matrix*.

Nous avons détruit la compétence.

Grâce à nous, n'importe qui pourrait désormais devenir un référent à propos de n'importe quoi. Les connaissances ne seraient plus signées. Ainsi, aujourd'hui encore, on croit qu'elles ont été coproduites ; mais connaissez-vous beaucoup de contributeurs réguliers à Wikipédia ?

Je ne connais que ça.

Ma communauté a institué un savoir objectif : le sien. Sous couvert d'aplanissement des structures, nous les avons rassemblées à notre avantage. Larry Page s'est arrangé pour que Wikipédia remonte systématiquement en haut des résultats de Google. Paul a écrit les articles

Democracy, *Republic* et *Computer* ; j'ai écrit *Sangoku* et *Rodney Mullen*. Étant donné notre statut de pionniers, nous avions la possibilité de censurer les contributions ; nous tronquions les textes, nous corrigions. C'était l'essentiel de notre travail : n'ayant pas assez de temps pour rédiger les entrées nous-mêmes, nous déléguions la tâche à des contributeurs zélés auprès de qui nous exercions notre censure. Nous n'avions pas encore seize ans quand nous avons participé à l'élévation du Mundaneum : la bibliothèque de l'univers.

Évaluer, contextualiser et classer, dans un monde de langage, c'est *gouverner*.

Liz ne fait pas semblant de parler. Lorsque j'ai annoncé la nouvelle, le téléphone pleure et raccroche à sa place.

Liz, c'est mon ancre, mon point fixe, c'est un passage. Elle a des mains, une peau, un parfum. Elle existe – je veux dire qu'elle existe *réellement*. Nous faisons l'amour tous les jours, elle jouit, je jouis, elle n'a pas peur des odeurs, des goûts, des doigts, de la langue. C'est la fraction physique de ma vie. Je ne sais pas pourquoi elle est restée ni pourquoi elle m'a aimé au point d'avoir voulu un enfant ; mais elle est restée et elle m'aime et nous avons un enfant.

Je pianotais sur une tablette numérique pendant qu'elle accouchait dans la pièce à côté. Les hélicoptères au-dessus de la clinique secouaient leurs ventres pleins de néant.

Depuis ce jour, Liz s'occupe d'éduquer Arthur et moi je l'emmène au parc, parfois, le dimanche. Je n'ai jamais changé une de ses couches. Le temps a passé oui et non.

Le jour de notre rencontre, Liz était venue me demander d'optimiser le référencement du site web de son cabinet d'ostéopathie sur Google. Nous avons couché ensemble le soir même. J'ai fait de mon mieux parce que j'avais compris que ce serait important. La clientèle du cabinet a triplé en deux mois. Liz est restée ; elle restera.

Julia et Paul ne faisaient plus l'amour et planifiaient une révolution toute théorique, alors que Liz et moi avons eu un enfant et acheté une maison dans laquelle nous avons changé les rideaux du salon.

Liz s'est occupée de moi comme elle s'est occupée de notre fils Arthur. Elle a grandi parce qu'elle devait grandir ; je l'ai laissée être adulte à ma place. Quelques semaines avant la naissance, elle a compris qu'Arthur ne serait pas le jouet rassurant auquel nous avions d'abord pensé elle et moi. Elle s'est mise à exister formidablement pendant que je m'évertuais à fuir mes responsabilités. La naissance d'Arthur a été la naissance de Liz. Chargés d'une densité nouvelle, ses seins se sont élargis, son nez est devenu volontaire ; elle avait été une intuition, elle se transforma en destin.

J'ai voulu rester une intuition, je suis devenu un réflexe.

Une infirmière vient me dire que je ne dois pas rester dans le couloir.

Je ne vois plus la jeune Indienne, ni Julia.

— Ça va durer longtemps, prévient l'infirmière.

Elle a un accent mais je ne réussis pas à deviner d'où. Qu'importe, j'ai vu son badge...

La faim me tord l'estomac mais je ne peux rien avaler, mon ventre dispute avec mon cœur une partie de Jokari ; j'ai chaud au point d'avoir froid ; Paul a été assassiné et j'ai le sentiment que je vais mourir à sa place.

J'ai besoin d'une métaphore. Nous autres, développeurs, il nous faut des métaphores. L'ordinateur et Internet ont été créés parce que nous avons été capables de les imaginer *à la fois* comme un outil, un cerveau, une bibliothèque, un échiquier, un atlas, un modèle walrasien et comme un théâtre. Nous avons réalisé nos métaphores.

Un hôpital, à la fin, qu'est-ce que c'est ? Quelle métaphore est assez forte pour me projeter *dans* l'hôpital ?

Je ne pense pas à ce que je veux, je ne parle pas, je ne contrôle rien – désespéré, hélas, je comprends que je suis désespéré.

Sans métaphore, la réalité est une pluie de flèches sur un soldat sans bouclier.

Mon téléphone n'arrête pas de sonner. Le jour va se lever : mes entreprises demandent mon attention. Michel Mercier a essayé de me joindre plusieurs fois. J'imagine qu'il est allé sur Internet et qu'il a trouvé des mitraillettes à des prix intéressants.

Larry Page appelle.

— Larry, il me faut une métaphore pour décrire un hôpital.

— Comment va Mercier ?

— Un hôpital, à la fin, qu'est-ce que c'est ?

— Va-t-il survivre ?

— Un hôpital, Larry ?

— Ils t'ont dit quelque chose ?

— Demande à Google.

— Robin…

— As-tu commandité l'assassinat ?

— Tu es fou !

— As-tu commandité le meurtre de Paul, oui ou non ?

— Robin…

— Nous avions intérêt à ce qu'il meure, sais-tu pourquoi ?

— Oui, *Pandora.*

— Julia te l'a dit ?

— Sergey m'en a parlé ; je ne sais pas d'où il tient l'information.

Comme Larry ne donne pas le mot de passe, je décide d'être prudent.

— C'est le problème avec Google : je ne sais pas comment je sais mais je sais. Je ne sais pas d'où vient l'information mais je l'ai.

— Le tireur peut revenir, dit Larry.

— C'est une menace ?

— Oh, va te faire foutre !

— Si ce n'est pas toi, alors qui a fait ça ?

— Beaucoup de monde peut l'avoir fait, mais gare à la paranoïa, Robin, ça n'a peut-être rien à voir.

— Dans ce cas, pourquoi ne m'a-t-on pas tiré dessus ? Pourquoi ne nous a-t-on pas détroussés ?

— Le gars aura eu peur.

— De qui ?

— Ou alors c'est un homme qui voulait tuer quelqu'un, comme ça, pour rien, un psychopathe.

— Ailleurs ça aurait été possible, mais dans la Vallée il y a toujours un commanditaire.

— Qui ?

— Tant de gens ont intérêt à ce que Paul soit mort. Leurs calculs, leurs réseaux, leurs tweets, toutes leurs chiures informationnelles, leurs pets semi-galactiques ! Ils y tiennent, hein, les salauds ! Sans les flux, que sont-ils ? Des trous, voilà ce qu'ils sont. Nous sommes des trous, Larry, des trous fourrés de courants d'air ! Nous avons cru que le contrat social provenait du lien entre les individus quand il provient au contraire de ce qui les empêche de communiquer. À Babel, les hommes n'ont pas été punis par Dieu, Larry ; ils ont été sauvés !

— Tu dois tenir bon, répète le patron de Google. Paul tiendra bon si tu tiens bon.

Je continue de chercher la métaphore qui me permettra d'outiller la réalité.

Lorsque mon père était malade, je me suis occupé de ma mère comme d'un système dont l'alimentation aurait été défaillante ; j'ai concentré les ressources sur les tâches importantes puis regonflé la capacité jusqu'à ce que mon père aille mieux et que tout rentre dans l'ordre. Aux percepts émotionnels, des concepts industriels ; les idées précipitent comme du sel en solution saturée. Elles *territorialisent*, si bien qu'il suffit de les extraire ou de les clôturer. La métaphore est ce qui permet à l'esprit de voir et de toucher.

— Monsieur, vous m'entendez ? demande le médecin. Votre ami est dans un état critique. La police est en chemin. Vous devez rester là. Vous êtes *obligé*, monsieur, de rester là.

Il regarde autour de nous.

— Où est Julia Anders ?

— Elle traîne dans les couloirs.

— Si vous la voyez, dites-lui qu'elle doit rester, elle aussi. La police l'interrogera.

Enfin, la métaphore que j'attendais surgit dans mes pensées.

— Les aéroports, docteur.
— Êtes-vous sûr que ça va ?
— Les avions, les boutiques, les tours de contrôle, le ciel, la terre, le tarmac… le tarmac, docteur.
— Monsieur ?
— Vous êtes un steward.
— Monsieur ?
— Aucun bagage, merci.
— La police vous ordonne de rester et de les attendre, ils doivent vous interroger, avez-vous compris ?
— Prière d'attacher vos ceintures et d'éteindre vos téléphones…

Je suis sur le tarmac d'un aéroport, dans l'ambiance pesante de ces endroits où la lumière s'efface sans qu'il y ait d'ombre pour autant.

Le tarmac, me dis-je, est la matérialisation réussie de la frontière du Ciel et de la Terre. La signalétique y est déterminée, on ne s'y déplace pas sans autorisation, les avions amarrés tanguent comme des hypothèses. Extension voulue pour coudre le ciel à la terre, c'est un dispositif tracé au sol, des symboles qui signalent, des signaux qui symbolisent. Parfois, un rapace emporte un lapin dont on aperçoit depuis le sol la peluche écarquillée par deux ailes tranchantes. Lorsqu'il pleut, l'eau semble venir du sol ; on est dans la pluie et le vent. Le tarmac est une rampe d'envoi et de réception, c'est ce qui sépare et c'est ce qui rassemble.

Un hôpital est à la vie et la mort ce que le tarmac est à la Terre et au Ciel, partout la même odeur et les mêmes choix insupportables. Ce sont des codes, des blouses blanches, le cul rebondi des infirmières qu'on ne peut pas toucher mais qui est là, pourtant, fesses concrètes d'un ange idéal, l'odeur d'alcool et d'excréments, les flaques jaunes, la question de l'argent qui ne se pose pas, les plateaux et les roulettes des lits, des tables, des chaises, les roulettes du matériel : l'univers en points de suspension.

C'est dans un endroit comme celui-là que mon fils Arthur est né. Il était bleu à la naissance, le cordon ombilical couleur ivoire, les yeux *Royal Air Force*, une langue minuscule dans une bouche immense, des pieds petits mais trop grands, jambes inutiles, accroché à la vie. La technique aide à *choisir*, les ordinateurs mesurent ce qui reste d'espoir. J'y étais pour la naissance d'Arthur, et lorsque mon père a été opéré à cœur ouvert ; j'ai accueilli avec la même fébrilité la naissance de l'un et la survie de l'autre. À présent je suis sur le tarmac à attendre un avion dans lequel Paul a embarqué et dont je ne sais pas s'il va atterrir ou décoller. Je sais seulement que le pilote aura assez faim pour dîner.

La métaphore s'épaissit lorsque je m'aperçois que nous avons vécu, Paul et moi, dans des limbes pour le moins comparables à celles des aéroports et des hôpitaux. Internet est partout une frontière. Les ordinateurs, les hôpitaux et les aéroports sont des *terminaux*.

La petite Indienne est réapparue derrière la blouse d'un docteur. Elle a des fleurs dans les cheveux, les yeux comme des amandes grillées, sa peau de miel et d'ambre mêlés, ses mains comme des écureuils qui aimeraient jouer avec le feu. Elle s'approche et m'adresse la parole dans un anglais approximatif.

— Tu vas en vie ?

Nul besoin de métaphore cette fois. Il arrive que l'objet et l'image de l'objet soient indissociables. C'est rare, mais ça arrive. Les Indiens et les poètes l'ont compris depuis longtemps. Mais pour nous, développeurs, il est difficile d'imaginer que la matière puisse *effectivement* être une idée.

— Tu attends quelqu'un ?

— Ma mère malade, répond l'Indienne, mon père parti. Si elle ne survit pas, j'irai nulle part. D'argent, tu en as ?

— As-tu faim ?

— Tout le monde a faim.

J'accompagne ma nouvelle amie à la cafétéria. Elle me prend la main lorsque nous croisons un brancard, comme si j'allais la protéger.

La cafétéria intègre ma métaphore ; il n'y manque que les vitres ouvertes sur les avions qui décollent. Ce sont les mêmes jambon-fromage, les mêmes yaourts, les mêmes boissons et les mêmes tables que partout ailleurs en Occident. La demoiselle se jette sur les sandwichs, les cookies, les oranges pressées ; elle les rassemble dans sa jupe dont elle a fait une corbeille. Elle sourit. Je n'ai pas le choix. Larry Page m'a expliqué que tant qu'on ne leur a pas sauvé la vie, les Indiens ne remercient pas.

— Comment t'appelles-tu ?

Elle avale sans mâcher.

— Awa.

Deuxième sandwich. Marcassin vorace. Depuis combien de temps n'a-t-elle pas mangé ? Elle se consacre avec application aux efforts des zygomatiques.

— Quel âge as-tu Awa ?

— Je suis née quand les avions ont détruit les tours.

— Le onze septembre deux mille un ?

— Maman a dit : « Tout a changé le jour de ta naissance : le monde, le soleil, la guerre. »

— Et ton père, qu'a-t-il dit ?

— Quand je suis née il est parti.

Awa s'éloigne pour rendre grâce aux victuailles. Je m'en retourne à mon introspection. La date du onze septembre a relancé la machine.

Tout a changé, c'est vrai, le jour de la naissance d'Awa. Paul et moi sortions de deux ans de classe préparatoire chez les jésuites à Versailles. Les concours s'étaient bien déroulés : Paul avait eu l'École des mines, j'étais admis à Polytechnique. Pour la première fois depuis la classe primaire, nous serions donc séparés. Paul à Paris dans le jardin du Luxembourg, moi à Palaiseau. Il reluquerait les étudiantes de la Sorbonne pendant que je tremperais mon bicorne dans l'Yvette.

Malgré tout le talent que nous avions pensé avoir, les concours n'avaient pas été une mince affaire ; il avait fallu travailler jour et nuit pendant deux ans d'une vie où l'on vous démontre quotidiennement que vous n'êtes pas assez doué, mal organisé, étourdi, incapable, décevant.

Pour fêter nos résultats, nous avions décidé de traverser les États-Unis en voiture. Notre périple commença à Boston. Trop européen à notre goût, le campus de Harvard ne nous dépaysait pas. Les briquettes et les cravates paraissaient convenir au droit et à la littérature plutôt qu'à l'idée que nous nous faisions du progrès. L'épistémologie était pesante : aucun étudiant en bermuda. À part Lawrence Lessig et les membres de son équipe, il n'y avait à Harvard que des reliques du XXe siècle. Le MIT, en revanche, faisait figure d'enclave de l'Ouest dans l'Est ; aiguisés en plein soleil, ses bâtiments donnaient envie d'être enfermé. Un monde grouillait sur lequel nous comptions régner un jour – orgueilleux : Français. Puis nous avons vu New York, ville debout mais accroupie, matérielle, qui avait eu son heure de gloire et s'y accrochait comme Paris à l'ombre géniale des grands magasins. Ville sur trois pieds. Quelque chose d'organique y pourrissait. Nous avons visité les Tours jumelles, le rêve des années 70 matérialisé : finance en costume et en tongs. Empilements ringards.

À mesure que nous nous approchions de Chicago, l'atmosphère se renouvelait. L'Ouest, aux États-Unis, agit comme un appel d'air. Chicago est bancale et pétillante de désespoir. L'été y fume des Havane. Nous sommes restés trois jours avant de bifurquer sur la 66. Ce fut un voyage commun, une odyssée pour adolescents. Rien de ce que je pourrais raconter à ce sujet ne vous surprendra. C'est un classique chez les libraires :

Jack Kerouac et Bobby Troup remâchés, répétés, traduits et réinterprétés, mais toujours Kerouac et Bobby Troup. Paul et moi n'avons rien fait de mieux. Nous nous sommes regardés voyager, ravis de tomber en panne et de nous arrêter dans des motels où les draps étaient crasseux, de hurler à la mort sur des routes rectilignes, fumer et boire autour des feux, observer les étoiles, rencontrer des pauvres, des pompistes, d'anciens joueurs de base-ball dans des drive-in, des fêlés sur des motos et des connasses en santiags, des artistes nuls, des flics qui se prenaient pour des cow-boys et des cow-boys qui se prenaient pour des flics, steaks bourrés d'acides gras-trans, sodas translucides à Oklahoma et Santa Fe, nanas peroxydées qu'on chatouillait près des clôtures, illusions d'apprentis ingénieurs ambitieux, rêves qui se regardaient rêver, petites faims promettant d'être oubliées aussitôt qu'une larme aurait été assez grosse pour avoir l'air vraie.

Nous nous rendîmes à la rencontre des communautés Merry Pranksters, dont les membres prétendaient concilier le retour à la nature et l'ultra-technologie. Ils vivaient dans des tipis, prenaient des drogues fabriquées dans des laboratoires et jouaient de la musique sur des amplis Marshall dont ils distordaient le son. Ils baisouillaient sous des géodes en aluminium avec des stérilets et des préservatifs en psalmodiant des berceuses hindoues. Ils avaient des ordinateurs mais vivaient pieds nus. Ils s'opposaient à la violence mais s'enculaient deux fois par jour. C'étaient les enfants et les petits-enfants de ceux qui avaient décidé, en voyant le champignon d'Hiroshima, que la technologie était une chose trop psychédélique pour être confiée à des militaires, et qu'il faudrait en faire un véhicule de paix et d'amour. Partouzes amicales, grésillements incas, chambres écho… À mesure que nous avancions vers Los Angeles, nous découvrions les arcanes d'une contre-culture à la fois communiste et ultralibérale, nourrie de contradictions, pacifiste, exotique, christique mais antichrétienne, dont les membres avaient participé à la création d'Internet dans le seul but de s'opposer au Pentagone et à l'économie de marché, sans réaliser que le Pentagone et l'économie de marché finissent toujours par s'approprier les armes avec lesquelles on a cru pouvoir les mater.

Enfin, nous arrivâmes en Californie, fascinés par un reste de cette illusion qui, depuis Omaha Beach, flotte dans le cœur de tous les Français. C'était là : le berceau du web, la vallée de silice, l'extrême-Occident et la fin du projet, la modernité absolue au pays du soleil couchant, où le jour se termine et les Lumières s'effondrent... Depuis que nous avions appris à développer des programmes sur nos calculatrices, une force nous avait attirés en cet endroit où tout est flux. Les nymphes colorées s'élançaient sur des rollers, les skate-boarders glissaient sur les *handrails* et les montages financiers astucieux propulsaient des entreprises créées par des étudiants acnéiques au nirvana du capitalisme. Les salles de musculation, le rock, les films, le surf, les caniches, les décapotables, les trottinettes... Tout était insaisissable, divertissant et propre – le cauchemar de Philippe Muray. Rien n'était européen. L'érotisme, en Californie, est une glace à la fraise aspergée de sperme et de chocolat au lait. Pas une cruauté qui ne trouve son marché, sa crème, son psy, ses fringues, ses égéries.

Nous avons rencontré les membres du réseau WELL, dont le fondateur Stewart Brand nous a fait prendre du LSD et nous a invités trois jours dans une communauté dont les membres avaient pour habitude de se lécher les genoux les uns les autres. Nous avons aussi visité le siège social des entreprises du web : fournisseurs, moteurs, navigateurs. Nous parcourions l'envers de tous les ordinateurs de la planète.

À notre retour en France, quelques jours après nos rentrées respectives, Paul à l'École des mines, moi à Polytechnique, les Tours jumelles se sont effondrées. J'ai vécu cela avec le monde entier : en direct. Je n'étais pas avec Paul et nous participions pourtant au même événement. Depuis ce jour, j'imagine que le Néant est une synchronisation médiatique infinie, deux caméras en face l'une de l'autre.

Désormais la guerre serait vécue en temps réel ; la preuve était faite que les gens du monde entier se trouvaient au même endroit au même moment. Le pire endroit. Le pire moment. Un endroit qui était toujours. Un moment qui était partout.

C'était ça, aussi, Internet.

Dès le lendemain, je suis retourné à mon gros moi-même. Paul, en revanche, est devenu méfiant. Les États-Unis avaient changé, Awa était née.

C'est en 2002 que j'ai créé mon premier site web rémunérateur. La plate-forme permettait aux mauvais élèves d'être mis anonymement en relation avec les bons et de les payer pour travailler à leur place. Le site s'appelait *Oublietesdevoirs.fr/*. Les bons élèves fixaient eux-mêmes le montant des prestations et me versaient une commission de 10 pour cent. Après six mois, le site comptait quatre mille utilisateurs et me permettait de gagner un revenu non négligeable ajouté à la pension d'État que touche chaque élève de l'École polytechnique.

Le site *Oublietesdevoirs.fr* continue de me rapporter de l'argent. Ce qu'il y a de bien avec le numérique, c'est que, contrairement à ce qui se passe dans le système capitaliste classique, basé sur la production et l'échange, et fonctionnant grâce au travail et au capital, un service vous rapporte de l'argent sans que vous ayez besoin de vous en occuper ; les internautes pollinisent votre champ ; l'économie n'est pas industrielle mais cognitive ; les revenus ne dépendent plus ni du travail ni du capital mais de la seule capacité à générer des interactions.

Paul assistait aux leçons de Bruno Latour, Michel Callon et Cécile Méadel à l'École des mines. Beaucoup de choses changèrent entre lui et moi. Il devint plus dur à mon égard en même temps qu'il devenait (selon ses termes) « plus disponible intellectuellement ». Il eut beau m'expliquer dix fois la théorie de l'acteur-réseau, je n'y ai jamais rien compris. Les sciences sociales manquaient de solution à mon goût.

Paul et moi avons ensuite décidé de retourner en Californie pour effectuer notre master à Stanford. Départ sans retour. Émigrants, nous partions avec le sentiment de rentrer chez nous.

Paul était versé dans l'histoire des sciences et la philosophie, tandis que je n'avais de goût que pour l'informatique.

Grâce à nos compétences combinées, nous commençâmes à créer des entreprises profitables. Nous rassurions les investisseurs en leur parlant d'intelligence artificielle, voyages sur Mars, génération Y, *blockchain*, web sémantique, etc.

Jeunes pousses de la *Silicon Valley*, louveteaux du Parti démocrate, fans de dessins animés et de physique quantique, nous ne l'avons fait ni pour posséder ni pour améliorer le monde, pas moi en tout cas – Paul peut-être, mais pas moi ; Paul avait des idées.

Il n'en était pas moins résolu à faire fortune. C'était sa contradiction : penser en philosophe mais souhaiter être riche. Ça lui venait, je crois, de l'enfance, quand je rentrais bronzé du ski alors qu'il avait passé deux semaines à regarder la télévision. Paul avait connu la pauvreté des Français qui ne sont pas *très pauvres*.

J'ai reçu plus d'un milliard de mails dans ma vie, et mon seul véritable ami va mourir assassiné par balle.

La jeune Indienne a disparu non sans m'avoir extorqué de quoi payer une part de *cheese cake* et deux cônes glacés.

— Quand maman se réveillera, a-t-elle dit, je lui dirai que tu es riche et que tu nous achèteras une maison.

Il y a d'autres personnes avec moi près de la machine à café : une grosse dame et un monsieur avec une moustache.

— Vous connaissez Julian Assange ? demande ce dernier.

— Oui, mais je n'ai pas envie d'en parler.

Visiblement déçu, il a la courtoisie de ne pas insister. Dans ma mémoire surgit l'ange numérique, ses cheveux presque blancs, sa peau transparente – le fondateur de Wikileaks.

« C'est la lenteur de l'information et la rigidité des administrations qui nous ont maintenus en vie », lui a dit Paul lors de leur entrevue à l'ambassade d'Équateur à Londres, où nous avions rejoint Assange pour discuter de ses problèmes d'hébergement. Un autre type était dans la salle.

— L'information, a rétorqué l'autre type, est ce qui nous libère.

— Au contraire, a répondu Julia (Paul ne se déplaçait plus sans elle), l'information nous a aliénés.

— La démocratie ! hurlait le type.

— Le porno, complétait Paul, les *snuff movies*, les *hedge funds*, le djihad, les nazis...

— La liberté.

— La surveillance, a ajouté Assange.

— Le progrès, a renchéri le type.

— Les statistiques, a dit Julia.

— La diversité.

— Le marketing, a dit encore Assange, le ciblage, les filtres.

Quand l'inconnu est parti, Assange nous a expliqué qu'il s'agissait d'une espèce d'anthropologue, un peu journaliste, qui était un ami de l'ambassadeur d'Équateur à Londres, ce qui justifiait sa présence. Je n'ai presque pas dit un mot lorsque Julia et Paul, après s'être assurés que le gêneur ne pouvait plus nous entendre, ont recruté Assange dans leur armée.

— Snowden sera-t-il de la partie ? a demandé l'ange numérique.

— Oui, a répondu Julia, il en sera.

— Alors comptez sur moi.

Je n'aime pas Londres : l'air fielleux, les jardins, les boîtes de nuit, l'accent shakespearien, toute cette grisaille. Je suis rentré chez moi, à Montain View, boire du jus d'orange et sniffer de la cocaïne devant les *Goonies*. Je n'ai plus revu Julian Assange depuis ce jour. Quant à Edward Snowden, l'ancien employé de la NSA qui a révélé les détails du programme de surveillance américain PRISM, je ne l'ai jamais rencontré et j'ignore si Paul et Julia l'ont réellement recruté dans leur armée ou s'ils ont dit cela à Assange dans le seul but de le convaincre d'en rejoindre les rangs.

J'ai créé beaucoup d'algorithmes, j'ai rencontré des banquiers, des investisseurs, j'ai tweeté, j'existais, on m'admirait.

Je n'ai pas parlé français depuis au moins quatre ans, à part avec mes parents une fois par mois au téléphone. Ma langue c'est le *globish*, l'anglais fonctionnel, le code. Même avec Paul, et même avec mon fils Arthur, je parle anglais. Quand on communique avec le monde entier, on ne peut pas prétendre à la subtilité. Seule une religion peut espérer ne pas dissoudre sa complexité dans l'universalité.

Que font-ils à Paul ? Il est deux heures du matin, ça fait trois heures que je suis là. Le temps et l'espace, dans un hôpital, un aéroport, sur Internet, c'est pareil : il y a quelque chose qui s'en va et quelque chose qui se défait.

Un infirmier m'avertit que la police est arrivée.

— L'agent Malone vous attend.

Tous les flics aux États-Unis ont des noms de flics. J'imagine un fonctionnaire dur à cuire, fan de Mel Gibson et de Morgan Freeman, gras, mal payé, qu'on reconnaît même le dimanche à la tache de café sur le col de la chemise.

Nous sommes là depuis plusieurs heures, Paul mourant, moi témoin, Julia déshéritée et minable… – que faisait-il, Malone ? En retard, comme tous les flics : bloqué dans les années 90.

Je n'ai jamais eu affaire à la police jusqu'ici, quelques agents des impôts, des lieutenants mondains, mais aucun vrai policier en fonction, aucune enquête à mon endroit, pas de soupçon. L'infirmier me conduit à un bloc reconverti en salle d'interrogatoire. Les hôpitaux, comme les aéroports, contiennent ce genre de lieu réservé à la police, aux étagères garnies de faux passeports. J'y suis comme Neo dans *Matrix* quand il discute avec l'agent Smith pour la première fois.

Malone est un homme de taille moyenne, brun, en costume, cravaté, chaussures d'assez bon goût (ce qui aux États-Unis est très rare), jeune, mon âge à peu près : trente-cinq ans. Je n'ai jamais rencontré de type aussi propret ailleurs qu'à Londres, Paris et Boston. Personne n'est habillé comme cela en Californie, aussi bien coiffé, aristocratiquement décalé. Encore moins les policiers. Qui m'ont-ils envoyé ? Est-ce une plaisanterie ? Comment vais-je intégrer ce Lord à ma métaphore ? Ses paupières s'ouvrent comme deux volets sur une chambre de philosophe. Je remarque ses doigts de harpiste, ses chaussures cirées mais pas trop, ce qui empêche de faire VRP ou stagiaire. Tout, chez Malone, est européen. Son costume tombe bien, rien n'est exagéré. Ses dents sont blanches mais pas trop blanches. Ses ongles entretenus sans être manucurés. Son bronzage est naturel, il n'y a pas de gel dans ses cheveux, et sa montre donne l'heure, pas la météo.

— Bonjour monsieur Valéry, commence-t-il poliment.

— Vous êtes anglais !

— Je suis ici depuis dix ans mais mon accent me colle à la peau.

— Vous n'auriez pas pu être américain.

— Pourquoi ?

— Vos chaussures, votre montre : vous êtes trop souple. Ici, ils ont Kim Kardashian. Vous, vous avez Kate Moss.

— Et vous ?

— Nous avons la Sécurité sociale.

— Je me renseignerai…

Malone me laisse croire que je mène la conversation. Tranquillement, il attend son tour. C'est un serpent dans une théière – l'Europe sans la Méditerranée.

Je relance.

— Pourquoi avez-vous tardé ?

— On m'a réveillé quelques minutes après le coup de feu.

— Et vous avez passé tout ce temps sous la douche ?

— Savez-vous de quoi je m'occupe ?

— Vous n'êtes pas de la section criminelle ?

— FBI, affaires économiques.

J'ironise.

— Vous devez avoir du boulot depuis les *subprimes*.

— Nous savons que votre ami n'a pas été attaqué pour une raison liée à une dispute de rue ou à un vol de portefeuille, poursuit Malone sans relever la provocation.

Il marque un temps.

— Vous êtes très riche, monsieur Valéry.

— Finalement, dis-je, vous êtes quand même un peu américain.

— L'argent a son importance.

— Si vous croyez qu'on a tué Paul pour une histoire d'argent…

Je visualise un champ de bataille. Il y a Malone, l'homme qui a tiré, Diego, les médecins, Paul, la jeune fille indienne, Julia, Liz, mon fils Arthur, des entrepreneurs, des actionnaires, Internet et une armée de dix mille hommes. Il faudra jouer la partie serrée.

— Nous connaissons suffisamment bien les meurtres pour savoir que celui-ci a été prémédité.

— Vous me suspectez ?

— À ma place, que feriez-vous ?

— Je n'ai rien à me reprocher.

Malone me fusille du regard.

— Mercier avait-il des ennemis que Julia Anders et vous-même n'aviez pas ?

Je réfléchis.

— Sur Facebook, Paul a deux millions d'amis.

— Des ennemis, en avait-il ?

— J'imagine que oui : ceux qui ont créé des startups qui n'ont pas réussi, les jaloux, les Français. Nous avons bâti un empire, vous savez.

— Je sais, monsieur Valéry, mais je réitère ma question : Mercier avait-il des ennemis qui n'étaient pas les vôtres ?

Mon téléphone sonne. Le nom de Diego s'affiche mais Malone ne le voit pas.

— Qui est-ce ? demande-t-il en constatant que je ne décroche pas.

— Rien d'important.

— Julia Anders ?

— Non.

Malone n'a pas de gel dans les cheveux, ni quoi que ce soit pour les fixer ; pourtant, sa mèche ne bouge pas.

— Où étiez-vous lorsque le coup a été tiré ?

— Sur Woodside Road, pas très loin du 3062.

— Que faisiez-vous ?

— Nous marchions.

— D'où veniez-vous ?

— Nous avions dîné chez Buck's pour discuter de nos projets.

— Buck's est une cafétéria ?

— C'est *la* cafétéria.

— Expliquez…

— C'est chez Buck's que tous les contrats importants de la Vallée ont été signés. Hotmail a été créé sur la table 15, Paypal sur la 45.

— De quels projets avez-vous discuté avec Mercier ?

— Nous avons des parts dans plus de trente entreprises, ce ne sont pas les projets qui manquent.

— Pourquoi Julia Anders n'était-elle pas là ?

— Julia est la copine de Paul, il n'y avait aucune raison qu'elle soit là.

— Que s'est-il passé ? relance Malone, toujours professionnel.

— Paul s'est effondré.

— Pas vous ?

— Ma vie entière, monsieur, s'est effondrée.

— Pourquoi ne vous a-t-on pas tiré dessus ?

— Si c'est le sens de votre question, je préférerais avoir pris cette balle à sa place.

— Ce n'est pas le sens de ma question.

— Paul n'a pas eu de chance.

— Croyez-vous que c'est une affaire de chance ?

— Je suis mathématicien, je crois que la vie est une somme de probabilités.

— Une balle tirée à cinq mètres ?

— Je ne savais pas qu'elle avait été tirée de si près.

— À cette distance, adieu les probabilités.

— Les probabilités sont liées au temps, agent Malone, pas à l'espace.

— Que voulait le tireur à votre avis ?

— Nos portefeuilles, nos clefs…

— Selon vous, le tireur était pauvre ?

— On est toujours le pauvre de quelqu'un.

— Mercier et vous avez beaucoup de pauvres, n'est-ce pas ?

— Mercier est mille fois moins riche que Bill Gates.

— Pourquoi ne pas avoir tiré sur Bill Gates dans ce cas ?

— Il y a au moins vingt ans que Bill n'a plus dîné chez Buck's.

Je commence à m'énerver. C'est une faute mais je suis faillible : j'aime ce qui va droit, le mouvement vertical des ascenseurs.

— Quand le coup a été tiré, reprend Malone, qu'avez-vous fait ?

— Paul est tombé. Je me suis penché près de lui et j'ai entendu un bruit de voiture.

— La voiture, comment était-elle ?

— Je ne l'ai pas vue.

— Le tireur a eu le temps de rejoindre sa voiture et de partir avant que vous ne vous retourniez.

— Oui.

— Ce n'était pas une question.

Techniquement, j'aurais dû voir le véhicule. Malone le sait, mais je ne peux pas risquer de donner d'autres indications.

— La voiture, vous m'avez dit entendre un bruit : quel bruit ?

— Un bruit de voiture.

— Rapide ?

— Une voiture normale.

Mon téléphone sonne une nouvelle fois.

— Décrochez, suggère Malone.

— Ça peut attendre.

— Si vous le dites…

— Où en étions-nous ?

— La voiture.

— Oui, la voiture.

— Vous ne vous souvenez de rien d'autre ?

— Je me souviens de tout.

— Qu'avez-vous fait ?

— J'ai appelé Larry Page qui a appelé une ambulance.

— Pourquoi ne pas avoir appelé directement une ambulance ?

— N'est-ce pas ce qu'on fait ?

— Qu'est-ce qu'on fait ?

— On demande à Google.

— Je ne plaisante pas, rétorque le policier. Votre ami est sur la table, il risque de mourir d'une minute à l'autre. Pourquoi Larry Page ?

— Il est dans mes numéros d'urgence, vérifiez.

En tendant mon téléphone je réalise que Malone pourra voir le nom de celui qui a appelé à deux reprises. Il fera des recherches et trouvera l'ex-taulard parmi mes employés. Ce serait trop de coïncidences.

— Vous ne voulez pas que je regarde finalement ?

— Je veux un avocat.

— Vous n'êtes pas suspect.

— Je peux m'en aller alors ?

— Je vous en prie.

Si je pars, Malone me soupçonnera et me fera arrêter officiellement.

Je vois qu'il n'a pas d'alliance. Avec un visage et un corps comme le sien, c'est qu'il est soit volage soit homosexuel. Il y a quelque chose, en lui, qui me frappe, quelque chose de désespéré.

— Mercier avait-il un projet dont il vous aurait parlé dans cette cafétéria ?

— Je vous l'ai dit, nous avions des dizaines de projets.

— Lesquels ?

— C'est classifié.

— Rien n'est classifié.

Je me redresse sur le fauteuil.

— Vous voulez dire un hobby, comme en Europe ?

Malone sort un carnet.

— Une activité terroriste…

— Vous plaisantez !

— J'ai retrouvé des textes publiés sur certains blogs, des forums, des tweets. Il y a des internautes anonymes, nombreux, qui présentent votre ami comme le leader d'une révolution.

Malone scrute mes réactions. Une seule erreur et il me mettra en garde à vue.

— Quel genre de révolution ?

— L'opération Pandora.

Comment Paul a-t-il pu laisser des traces grossières à ce point ? Le commanditaire de l'assassinat a dû trouver les mêmes forums que l'agent du FBI ; il aura mené son enquête.

— On raconte des tas de choses, dis-je, à propos des gens riches et connus.

— Les rumeurs ont parfois un fond de vérité.

— Un complotiste !

— Vous ne m'avez pas répondu, monsieur Valéry.

— Je déteste vos allusions. D'ailleurs, de manière générale, je déteste les allusions.

— Vous préférez les métaphores ?

— Exact !

— J'ai trouvé un article sur le web.

— Décidément, vous vous surpassez !

— L'article est signé par Mercier, reprend l'agent. Il y fustige les méfaits d'Internet en citant un professeur du nom de Philip Agre, si ma mémoire est bonne…

— Votre mémoire est bonne.

— Mercier explique pourquoi et comment Internet est devenu une gigantesque machine à contrôler, surveiller, abrutir, pervertir et engendrer ce qu'il nomme « une violence non actualisée » risquant de détruire ce qu'il nomme encore… Attendez, je l'ai noté quelque part.

Malone ouvre le carnet à la première page, sur laquelle il a recopié les mots de mon ami :

— … *« le caractère radical et décisif du sentiment d'altérité, toute forme de charité, l'économie réelle, la compassion, le pardon… »*

Il ferme le carnet.

— Avouez que cela ressemble au manifeste d'une secte.

— Il se passe sur Internet des milliers d'horreurs que vous ne soupçonnez pas.

— Assez pour vouloir détruire Internet ?

— Je n'ai pas dit ça.

Si j'avais aidé Paul, ce blog n'existerait plus et je ne serais pas en train de répondre aux questions de cet Anglais bizarre.

J'aurais dû aider Paul.

— Internet, dis-je après un silence, est distribué. Personne ne dirige le réseau, n'en déplaise aux paranoïaques, aux blogueurs en panne sèche, aux journalistes en mal de scoop et aux flics anglais soupçonneux. Internet est décentralisé.

Je ne dis pas la vérité, Malone le sait.

— Supposons que mon hypothèse soit vraie, recommence-t-il.

— Je suis mathématicien, monsieur, pas sociologue.

— Supposons qu'il soit possible de détruire Internet et que ce soit le projet de Mercier.

— Internet est distribué, je vous dis.

— Hercule n'a-t-il pas réussi à tuer l'Hydre de l'Herne ?

— Il a fallu couper les sept têtes en même temps. C'est écrit, je crois, dans Pausanias…

— Un helléniste, se réjouit l'Anglais.

Je rectifie.

— Wikipédia.

— Supposons, reprend-il, qu'il soit possible de détruire Internet.

— Vous perdez votre temps…

— Supposons maintenant que quelqu'un qui n'imagine pas sa vie sans Internet ait eu vent du projet de Mercier.

— À ce rythme, vous aurez tôt fait de prouver que Kennedy est vivant.

Malone feint de ne pas entendre mes protestations. Il poursuit son raisonnement avec, je dois l'avouer, un certain brio.

— Sur la base de ces deux hypothèses, j'ai établi une liste des suspects, voulez-vous que je vous en fasse part ?

— Ai-je le choix ?

— D'abord, poursuit l'agent, il y a Julia Anders. Elle était proche de Mercier, mais avec les gauchistes on ne sait jamais, elle peut penser qu'il faut détruire Internet pour lutter contre la pédocriminalité ou au contraire qu'il faut sauver le réseau au nom de la liberté d'expression – de toute façon les gens comme elle croient savoir où se situe la limite entre le bien et le mal, et ce qu'il convient de faire pour lutter contre le mal. À quel prix, c'est la question. Je l'interrogerai quand j'en aurai fini avec vous…

— Bon courage !

— Pourquoi ?

— Les gauchistes, comme vous dites, ne sont pas du genre à coopérer avec les flics.

— Je continue la liste ?

— Puisque vous y tenez…

— Jeff Bezos, Sergey Brin, Larry Page, David Filo, Jerry Yang, Niklas Zennström, Janus Friis, Marissa Mayer, Andy Bechtolsheim, Bill Joy, Vinod Khosla, Scott McNealy, Mark Zuckerberg, Dustin Moskovitz, Chris Hughes,

Sean Parker, Shawn Fanning, Jack Dorsey, Evan Williams, Biz Stone, Noah Glass, Chris DeWolfe, Tom Anderson, Pierre Omidyar, Tim Draper, John Edward Warnock, David Hitz, Dan Warmenhoven, Reed Hastings…

Malone égrène un chapelet de presque cinquante noms. Sans note, il cite chacun de ceux qui ont en effet intérêt à avoir commandité le meurtre de Paul. Programmeurs, entrepreneurs, investisseurs, ils sont des milliers, peut-être des millions, mais Malone mentionne les principaux : empereurs, rois, généraux. Il me montre ainsi qu'il connaît par cœur les arcanes du réseau.

— Ce sont mes amis, dis-je après un silence, ils me suivent sur Twitter.

— La liste pourrait encore être longue, reprend Malone, cependant il y a un nom au moins que je n'ai pas cité.

— Très drôle.

— Vous n'avez pas intérêt à ce que Paul meure, monsieur Valéry, parce que c'est votre ami, mais vous y avez intérêt car vous deviendriez alors seul décisionnaire dans la gestion des entreprises que vous avez créées avec lui.

— Pour vous, donc, c'est une histoire d'argent.

— Pas forcément, répond Malone. Quelles sont vos relations avec Julia Anders ?

— Si ce n'est pas une histoire d'argent, c'est une histoire de cul… Quelle imagination !

— Il faut explorer toutes les pistes.

— Julia n'est pas mon amante.

Il revient à la charge.

— Mlle Anders vous plaisait-elle ? Étiez-vous jaloux de Mercier ?

Julia m'a toujours excité, mais c'était parce que Paul lui plaisait. Comment expliquer une telle triangulation mimétique à un agent du FBI ? Je suis tordu mais je ne suis pas un meurtrier.

— Je vis avec quelqu'un et nous avons un enfant, dis-je avec gravité.

— Comment s'appelle votre enfant ?

— Est-ce important ?

Malone laisse planer un silence que je finis par rompre.

— Arthur. Il s'appelle Arthur.

L'agent note quelque chose dans son carnet et change de sujet.

— Mercier est-il vraiment votre ami ?

— Pardon ?

— Vous semblez si… différents.

Il cherche à me faire sortir de mes gonds. Paul ne me trouve pas courageux, pour lui je suis puéril, inconséquent, certes, mais Paul est mon ami. Je lui ai offert une calculatrice, je lui ai appris à programmer.

Mon téléphone sonne une nouvelle fois.

— Pourquoi ne décrochez-vous pas ?

— Nous ne pourrions plus parler.

— Qui est-ce ?

— Un de mes employés.

— À cette heure ?

Je regarde ma montre : six heures. Le soleil stabilobosse la ligne rouge du Golden Gate.

— Les programmeurs vivent la nuit.

— Et ils vous appellent, comme ça, jusqu'à ce que vous décrochiez ?

— Ils ne renoncent jamais, c'est pour cela que je les ai embauchés.

— Celui-là est coriace.

— Celui-là a créé Datacop, dis-je dans l'espoir de changer de sujet.

— Ah, oui, je vois : Datacop… D'ailleurs, monsieur Valéry, je sais que vous y avez accès.

— C'est faux.

Décidément, Malone est renseigné. J'en conclus qu'il n'entrera pas les données relatives à son enquête dans Datacop ; il faudra naviguer à vue.

— En fait, reprend-il, quelque chose cloche.

— Paul s'est fait tirer dessus et vous l'accusez de je ne sais quoi, comme s'il l'avait mérité. Je vous confirme, agent Malone, que quelque chose cloche.

— Ça ne colle pas.

— Qu'est-ce qui ne colle pas ?

— Je n'arrive pas à croire que vous êtes, Mercier et vous, naïfs au point de croire que détruire Internet pourra sauver l'humanité. En fait, vous pensez que le sort de vos semblables dépend de ce que vous connaissez et pouvez à loisir détruire ou construire ; c'est égocentrique, enfantin…

Je l'interromps.

— C'est pourquoi je vous répète que vos hypothèses sont absurdes.

— Je n'ai pas encore trouvé où était le calcul, poursuit l'agent comme s'il ne m'avait pas entendu.

Après tout, me dis-je, il a peut-être raison. Nous passons nos journées et nos nuits sur le réseau, nous ne connaissons que lui, et du coup nous pensons qu'Internet c'est le monde, les internautes l'humanité, et que nous pourrons tout détruire ou tout sauver.

Une autre idée me vient. Malone pourrait être de mèche, ce n'est pas impossible. Les magnats du numérique sont puissants et l'agent est informé. Ils ont pu le payer, le faire venir d'Angleterre, l'infiltrer. Les rois de la Vallée ont de l'imagination. Malone travaille peut-être pour Apple ou pour l'Isoc… Mieux vaut être prudent.

— Restez joignable les prochains jours, conclut-il, et restez dans l'État.

Puis il s'adresse à l'un des sbires plantés devant la porte.

— Faites venir Mlle Anders je vous prie.

Qu'est-ce que Julia va raconter à Malone ? Je crains qu'il n'ait aucun mal à la manipuler. Si elle parle, Pandora aura foiré et j'ai l'impression que cela empêchera Paul de revenir à la vie.

Le parking de l'hôpital El Camino est lugubre. Ça sent l'herbe coupée et le goudron. J'ai mal au ventre un peu. Il commence à faire jour.

Je regarde mon téléphone. En plus des appels de Diego, un message de Liz me prévient qu'elle conduit Arthur chez ses parents et qu'elle me rejoindra.

Je m'éloigne pour composer le numéro de Diego sur un *Virtual Private Network*, de sorte que mon coup de téléphone soit impossible à intercepter.

— Vous êtes sur VPN ? demande-t-il aussitôt qu'il a décroché.

Pour qui me prend-il ?

— Évidemment…

— Je l'ai trouvé.

— Où est-il ?

— Dans une bicoque de San José, à la lisière de la Jungle.

— Il y a du monde ?

— Je n'ai vu que lui.

— Comment est-il ?
— Gros, pauvre, une casquette des Lakers.
— C'est lui !
La fatigue, la peur.
— Crois-tu que tu pourrais l'enlever ?
— Oui, dit Diego après un silence.
Il réfléchit une dizaine de secondes.
— Si vous voulez, je peux l'interroger moi-même.
— Non, il faut que ce soit moi.
Je me dis que Diego, qui a vécu dans un gang, comprend ma soif de vengeance.
— Peux-tu l'emmener dans le container B07 sur le port d'Oakland ? Tu ouvres avec un code. As-tu de quoi noter ?... Sois discret.
Je pense aux films de gangsters, je cherche une phrase pour clore la conversation.
— Je t'en dois une, dis-je à défaut d'avoir pensé à mieux.
— Je le fais pour Mercier, répond Diego.
Depuis l'enfance, me dis-je, tout ce qu'on a fait pour moi on l'a fait pour Paul.
— Monsieur Valéry..., ajoute le chicano en hésitant.
— Oui ?
Silence.
— Parle, qu'y a-t-il ?
— Mercier avait un projet, êtes-vous au courant ?
— Pandora, dis-je.
Comme il attend, j'ajoute le mot de passe.
— Elpis.
Silence.
— Je fais partie des dix mille unités, dit-il.
Il suivra Paul jusqu'au bout. Il lui doit sa sortie de prison. J'imagine que dans son milieu c'est comme si Paul lui avait sauvé la vie.

— Savez-vous ce qu'il va se passer ?
— Paul n'est pas encore mort.
— Et s'il meurt ? demande Diego.
— Pandora sera annulée.

— C'est ta femme ? interroge Awa.

Je réalise que je ne sais pas comment présenter Julia. Une amie ? Certainement pas. La copine d'un ami ? Pas vraiment, puisqu'il ne la baise pas.

— C'est une fille que je connais, finis-je par répondre.

— Elle a des cheveux en guimauve, on dirait une pâtisserie…

J'essaie de rire mais n'y arrive pas.

— Vous ressemblez à des fantômes, ajoute Awa.

— Qu'est-ce que tu veux dire ?

— La lumière passe à travers vous comme à travers les yeux des morts.

Awa s'éloigne à reculons et disparaît derrière l'angle d'un couloir pareil à tous les couloirs d'El Camino.

Julia ressemble à ces femmes qui dans les aéroports patientent sous le panneau des arrivées. Le vol a du retard, personne ne sait s'il atterrira. Icare a dit pourtant qu'il reviendrait.

— Comment ça c'est passé avec Malone ?

— Il est persuadé que nous allons détruire Internet, répond-elle à voix basse, mais il n'a aucune preuve. Il m'a cuisinée plus d'une heure.

— Qu'est-ce que tu as dit ?

— Je lui ai dit que c'était un connard de flic anglais et qu'il avait fumé trop d'herbe récupérée sur les saisies.

Elle me scrute un instant. Elle doit se demander si j'ai dit quelque chose à Malone, de la même façon que je suis en train de me demander s'il est vrai qu'elle n'a rien dit.

— Paul a-t-il eu le temps de t'expliquer ?

— Oui.

— Tant mieux, conclut-elle.

Cela m'étonne qu'elle ne soit pas plus soupçonneuse. Après tout, j'aurais pu parler de Pandora à Malone. C'était imprudent de la part de Paul de me donner jusqu'au mot de passe de l'opération à laquelle j'avais refusé de participer. Mais Paul savait, et sans doute Julia savait-elle aussi, que je ne ferais rien pour les arrêter et que je ne les dénoncerais même pas, par lâcheté plutôt que par conviction ; aussi pouvait-il tout me dévoiler, et c'était même la seule façon d'espérer me convaincre.

Je constate que Julia n'est pas effrayée par Malone. Elle m'assure que le programme est inviolable... Qu'en sait-elle ?

— J'ai vu le médecin, dit-elle ensuite. Ils ne savent pas si Paul va s'en sortir.

Elle me caresse l'épaule sans chaleur.

— Ne perdons pas espoir, murmure-t-elle. Il faut prier...

Je pense à ceux qui croient en Dieu et j'imagine leurs prières comme des ondes au-dessus de nos têtes. Où vont-elles ? Dieu, me dis-je, est un routeur qui divise et reforme les événements d'une manière que certains croient aléatoire et dont d'autres assurent qu'elle est *juste* – feu sacré des protocoles.

— Alors, questionne Julia, vas-tu nous aider ? Maintenant que Paul est dans les vapes, vas-tu le remplacer ?

C'est donc pour ça qu'elle est devenue gentille.

— Si tu ne diriges pas Pandora, poursuit-elle avec des fleurs dans la voix, nous n'avons aucune chance d'y arriver.

Julia m'a toujours méprisé mais voilà qu'elle a besoin de moi. Je peux devenir le chef, être Paul à la place de Paul, avoir ce qu'il a, faire ce qu'il fait. Je n'ose pas dire non. Je ne dis rien, je souris… Elle en conclut que j'ai dit oui.

— Si tu nous aides, Robin, nous serons sauvés.

Elle se mord la lèvre. Je vois qu'elle se sent acculée, obligée de me faire du gringue pour m'enrôler. Pendant toutes ces heures passées à m'éviter dans les couloirs, elle a dû espérer que Paul se réveille, mais l'heure a tourné, les échéances approchent, elle n'a plus le choix. Elle devra faire cela avec moi ou bien y renoncer, parce que c'est moi le technicien. On ne gagne pas une guerre avec des pétitions.

Téléphone. C'est Liz.

— Tu es encore à l'hôpital ?

— Je suis avec Julia.

Silence. Liz déteste Julia.

— J'ai posé Arthur chez ma mère.

— Tu n'es pas obligée de venir.

— J'arrive je te dis.

Une fois que j'ai raccroché, Julia s'approche de moi.

— Nous devons nous connecter demain à midi pour recevoir les ordres.

— Je sais, dis-je simplement.

Julia est une oréade ; elle sent bon ; ça a dû être difficile pour Paul de résister toutes ces années.

— Tu dois le venger, murmure-t-elle avec une voix de chatte.

L'amour est la forme la plus inaboutie de la communication. Le bruit y est nécessaire, pourtant il empêche tout. À chaque tentative, la lune disparaît et le feu file entre les doigts comme un concept ; on tergiverse jusqu'au malaise. Les murs se rapprochent, la carrière borde le destin. Les sexes se mangent chacun leur tour. L'autre est une limite à laquelle on n'accède pas – l'altérité : un gouffre. L'affection joue un rôle semblable à celui que joue le signal dans une boîte de Schrödinger. Les probabilités remplacent d'autres probabilités. L'autre, toujours l'autre, jamais pourtant celui qu'on attendait, dévore le moi et le surmoi. Les draps ont séché, les fleurs cette année ne donneront pas de fruits ; il ne reste que ça. L'avenir a plongé ses doigts dans la plaie du quotidien comme la lave dans la bouche glacée d'un océan. À force de s'aimer, on ne sait plus où est l'interrupteur de la télé.

Internet a été créé pour se défaire de l'amour. Nous avons imaginé un miroir dans lequel le reflet ne pourrait ni frapper ni enfanter – des yeux sans poings ni ventre. Nous avons marié Narcisse à Écho. Grâce aux algorithmes de personnalisation, l'univers se fond par projection dans chaque individu, si bien que l'amour de l'autre est d'abord, et forcément, amour de soi. Nous avons remplacé le cœur par un clavier et le sexe par des vidéos gonzo ; on fait l'amour sur Internet avec sa main et son nombril.

Lorsque j'ai financé en 2009 le lancement mondial de la plate-forme « Chatroulette », créée par Andrey Ternovskiy, Paul m'en a voulu terriblement. Chatroulette est un service de conversation interpersonnelle en ligne. Jusque-là, rien d'extraordinaire : on s'écrit, on se voit et on s'entend, comme sur Skype. Mais l'originalité de Chatroulette consiste à mettre en relation aléatoirement les individus connectés. Chaque fois qu'un usager souhaite changer d'interlocuteur, il clique. L'autre disparaît, remplacé par un individu tout aussi inconnu mais différent ; une nouvelle chance de plaire ou d'effrayer, un nouveau décalage. Impossible de revenir en arrière. On ne retrouve jamais celui qu'on a perdu. L'amour, l'amitié et la haine, sur Chatroulette, peuvent durer trois secondes, dix minutes, une heure, des jours, on ne se connaît pas, on ne se retrouvera pas. L'existence est plus rapide que la vie. Parfois une fille vous plaît, alors vous cherchez à la retenir, vous serrez les dents de manière que votre visage ait l'air plus fin, vous souriez en espérant qu'elle ne cliquera pas. Elle vous montre un sein si vous réussissez, ou bien carrément son vagin. Elle vous dit qu'elle vous aime dans une langue que vous ne connaissez pas. Vous vous faites pleurer…

Sur l'écran, le visage de l'interlocuteur apparaît au milieu et le vôtre en bas, dans une fenêtre plus petite. Nous avons mené une étude par *eye-tracking* dont les conclusions ont prouvé que les usagers du Chatroulette regardaient plus souvent leur propre visage, en bas de l'écran, qu'ils ne regardaient celui de l'interlocuteur. Ils cherchent à comprendre quel effet ils font à celui qui les voit sans penser que leur interlocuteur regarde lui aussi son propre visage.

De grandes stars ont été aperçues sur Chatroulette : l'acteur Brad Pitt, le rappeur Jay Z, la chanteuse Rihanna. Sûrement cherchaient-elles à renouer avec une forme de sociabilité sauvage que leur statut interdit. Le banlieusard de Calcutta voit apparaître sur son écran l'idole internationale, pourtant, malgré cela, il regarde son propre portrait en train de regarder quelqu'un de célèbre, tandis que la personne célèbre se regarde elle-même être regardée par un inconnu.

Chatroulette est vilipendé par les sociologues américains et européens. Il faut dire que la plupart des utilisateurs sont des hommes, dont l'âge se situe entre quatorze et quarante ans, en train de se masturber : on ne voit pas leur visage mais leur pénis érubescent, et on entend le bruit gras du va-et-vient sur le membre humide, énorme sur l'écran. Il paraît que des gens ont également utilisé le service pour se suicider en direct devant des inconnus ; ils se vidaient de leur sang pendant que les visages défilaient, effrayés, excités, tristes comme des enfants – l'humanité dans la capsule d'un instant.

Je me connecte parfois à Chatroulette lorsque j'ai trop travaillé pour avoir sommeil. À cette heure où même la nuit dort, Internet fonctionne. Je regarde les visages deux, trois secondes maximum, puis je zappe ; je rencontre des sexes énervés, frénétiquement dévoués à la nuit, des enfants laissés sans surveillance ; je vois des Indiens, des Européens, des Asiatiques, beaucoup d'Asiatiques, aucun Africain. Parfois, par hasard (un hasard objectif qui n'existe pas dans la nature), il arrive qu'un visage retienne mon attention. Un homme, une femme, un enfant, un vieillard… Je fixe l'inconnu qui croit que je regarde vers le bas puisqu'il me voit par l'intermédiaire d'une caméra accrochée au-dessus de mon écran ; il faudrait regarder la caméra pour que l'inconnu me voie le regarder dans les yeux, et donc ne plus le voir ; si bien que nous nous regardons dans les yeux en train de nous regarder le menton ; je le fixe jusqu'à ce qu'il zappe, cela peut durer une seconde, cinq minutes, je ne parle pas, je n'écris rien, je ne fais que regarder, comme si tout d'un coup il n'y avait d'avenir que dans ces yeux qui regardent mon menton ; les larmes m'envahissent ; l'autre peut cliquer à tout moment ; il retournera au tournoiement indéterminé dont jamais plus il n'émergera.

Liz déteste Chatroulette. Elle n'a pas de compte Facebook et ne se connecte à Internet que pour y consulter sa messagerie ou payer des factures. Quand je la vois à l'hôpital, sans maquillage, ses cheveux d'or roux, ses yeux bleus d'Irlandaise, ses mains fragiles, son allure noble et résolue, dans ce couloir qui est une piste de décollage, une substance faramineuse s'allume en moi.

Liz m'explique qu'elle a laissé Arthur chez ses parents. Son père est de la vieille école : cinquante ans, cadre dans l'industrie. Il ne s'intéresse pas à ce que je fais, à part quand il veut se moquer.

— En définitive, Robin, vous créez quoi ? Je veux dire : que faites-vous *réellement* ?

Chaque fois c'est le même refrain. Je lui explique que nous créons de la valeur, du savoir, de l'information, des plates-formes, toute cette connerie à laquelle moi-même je ne crois pas un mot, syllogismes pour investisseurs : effets de réseaux, *multisided market*. Il soupire dans son soda et ne manque jamais de conclure :

— Heureusement que le tiers-monde est là pour produire les vraies choses, hein, Robin, les choses vraies !

Tu entends ça, chérie ? Nos enfants ne savent rien faire avec leurs mains ! Si c'est la guerre bientôt nous sommes cuits, foutus je te dis ! Il paraît que ce sont les Chinois qui fabriquent les ordinateurs de Steve Jobs.

Même s'il ne sait pas mieux que moi se servir de ses mains, le père de Liz pérore.

— Papa, intervient Liz.

Il finit par s'énerver mollement.

— Je dis ce que je veux sous mon toit. Quoi, Robin, c'est vrai, ne m'en voulez pas, mais enfin, je veux dire, pardon, mais cet argent, tout ce fric que vous gagnez, vous ne vous demandez jamais d'où il vient ?

La mère de Liz aurait voulu que sa fille épouse un Américain dévot et musclé, épilé, chemises à manches courtes, une montre qui vous prévient de la position de Pluton. Pour son malheur, le père de son petit-fils Arthur est français, pas vraiment chrétien, en T-shirt, et il n'a pas demandé Liz en mariage. Je ne l'énerve pas comme j'énerve son mari mais je la déçois. Elle a des xénophobies à mon endroit. Elle doit penser que je trompe sa fille ou, pire, que je suis communiste. C'est une femme du New Jersey. Vivre à San Francisco, pour elle, c'était déjà la folle aventure. Son mari l'a emmenée ovuler de l'autre côté du pays. Ça lui a suffi, un déménagement, pour avoir l'impression d'avancer dans l'existence. Elle n'utilise Internet que pour parler à John, le frère aîné de Liz, ingénieur agronome à Houston. John est distant avec moi, mais amical. L'autre frère de Liz, Anton, travaille en Californie chez un sous-traitant automobile. Nous le voyons trois fois par an avec sa femme et leurs deux enfants. La sœur de Liz, Gwenn, me déteste. Elle déteste mon argent dont elle ne peut s'empêcher de parler chaque fois qu'elle me voit.

— De toute façon, dit-elle, avec ton pognon… et elle ne finit pas la phrase.

Gwenn change régulièrement de boyfriend ; autrefois elle rêvait de faire carrière dans la musique ; depuis elle enchaîne les boulots de serveuse ; je lui ai proposé dix fois du boulot parce que Liz me le demandait, mais elle a toujours refusé ; elle préfère, comme elle dit, « ne rien avoir à se reprocher ». C'est une marxiste qui n'a pas lu Marx, hippie quarante ans après, pacifiste qui « déteste cette connerie de religion, à cause des croisades » à propos desquelles ses connaissances se résument aux premières secondes de *Robin des Bois, prince des voleurs*. Gwenn est « contre la technologie » à laquelle elle ne comprend rien, comme les racistes qui n'ont jamais vu un Arabe.

Le père de Liz (qui, lui, est raciste) est très fier de Gwenn.

— Elle vit sa vie à fond, dit-il.

Il la cite en exemple : « Gwenn est allée à une manifestation contre le gouvernement » ; « Gwenn aide un musicien pour écrire les paroles de ses chansons » ; « Gwenn s'est inscrite à un cours de poterie ».

— Hein, mon garçon, les vraies choses !

Liz est de loin celle qui s'en est le mieux sortie : simple, souriante, elle n'a pas fui ses parents comme John et ne s'est pas installée dans la maison voisine comme Anton. Son père, irrité sans doute par la force évidente de sa fille, prétend qu'elle est un médecin raté. Le vrai con.

— Je rigole, reprend-il, c'est utile, un ostéopathe, quand on a mal au dos.

Arthur est né en 2009, alors que je travaillais pour l'*US Air Force* à la construction d'un super ordinateur.

Je leur avais proposé de connecter un réseau de 2 200 consoles de jeux *PlayStation 3* (puissance théorique : 52,8 PetaFlops). Le général Matthews avait d'abord refusé de me faire confiance. Il ne pensait pas que ces objets destinés au divertissement pussent constituer une machine puissante au point de donner aux États-Unis vingt ans d'avance en intelligence artificielle. À cause de ce projet, j'étais souvent absent pendant la grossesse de Liz. Je revenais à la maison une fois par semaine et trouvais Liz changée : le ventre, les yeux… une beauté dont je sentais qu'elle m'aurait échappé de toute façon. Pour tester le super ordinateur, j'ai rassemblé un million de joueurs de Counter Strike sur un même serveur sans prévenir le Pentagone. La fluidité avec laquelle les avatars se sont entretués pendant cent trente-quatre heures prouvait que la machine était capable d'opérer des milliards de milliards de calculs à la seconde. Ce fut le plus grand massacre de l'histoire d'Internet.

Je ne saurais dire si Liz m'aime parce que je suis le père d'Arthur, ou si je suis le père d'Arthur parce qu'elle m'aime.

Je me suis installé avec elle dans une maison que nous avons achetée : piscine, volets électriques, cuisine de soixante mètres carrés, six chambres, jardin, arrosage automatique, réfrigérateur à glaçons, proche d'un répartiteur Internet grâce auquel je maximise la vitesse de connexion.

Liz a accepté que je garde ma maison de Redwood. Elle me sert de bureau ; c'est là-bas que je code et que je regarde des films porno. Liz n'y entre jamais. J'écoute la musique à fond, à poil, connecté. Je communique par mail, téléphone, SMS, Skype. Redwood est une extension de moi-même. Tout ce qui touche de près ou de loin à l'informatique depuis 2005 est passé sous ma statuette de Donald déguisé en Freud et devant mon affiche de Megan Fox dédicacée par Megan Fox, sur ce bureau devant lequel je m'assois encore mouillé après un plongeon dans ma piscine à débordement.

Liz salue Julia froidement. Je réalise en les voyant côte à côte qu'elles sont antithétiques : la mère de famille et la militante, la pragmatique et l'idéaliste, celle qui baise et celle qui ne baise pas, celle qui m'aime mais se débrouillerait sans moi et celle qui me méprise mais qui ne pourra pas agir si je ne l'aide pas.

— Je peux te parler cinq minutes ? me demande Liz.

— Je vous laisse, dit Julia en levant les yeux, visiblement agacée.

Julia déteste Liz parce que Liz déteste Julia, et vice et versa. Aucune raison ne justifie la haine qu'elles se portent sinon la possibilité d'avoir été haïe avant de haïr.

— Je ne peux pas la supporter, soupire Liz quand l'autre a disparu.

Elle m'attire dans un couloir désert.

— Que s'est-il passé ?

— Paul avait des ennemis.

— Pourquoi ?

— Il a prévu de détruire…

Je m'arrête une seconde.

— Détruire quoi ? s'énerve Liz.

— Internet.

— Tu te fous de moi ?

— Non.

— Décidément, vous êtes trop cons… Des gamins. Vous êtes des gamins ! C'est à cause d'elle, c'est ça ? C'est cette pute qui vous a mis ces saloperies dans la tête ?

— Je ne suis pas dans le coup. C'est pour ça qu'ils ne m'ont pas tiré dessus.

Liz balaie le plafond du regard. Elle me trouve infantile mais je suis le père de son enfant. Elle ne va tout de même pas me quitter parce que Paul s'est fait tirer dessus.

— Tu penses vraiment que l'agression est liée à ce projet ?

— J'en suis sûr.

— Alors il faut prévenir la police.

— La police ne doit pas savoir.

— Pourquoi ?

— S'ils t'interrogent, surtout ne dis rien. Paul aurait des ennuis.

— Au cas où tu n'aurais pas remarqué, Robin, Paul a des ennuis ! Tu as des ennuis !

Liz sanglote maintenant. Elle n'a probablement pas dormi.

— Paul voudrait que je le remplace.

— Tu ne vas pas le faire ! hurle-t-elle.

— Chut, moins fort.

— Qu'est-ce qu'il y a ?

— On pourrait nous entendre.

— Tu n'as pas intérêt à le faire, Robin, ou alors c'est fini, je déménage avec Arthur, c'est compris ?

— Je ne le remplacerai pas.

— Tu me promets ?

— Oui.

Je n'ai jamais fait de promesse sincère à quiconque, même pas à Liz. C'est pour cela que nous ne sommes pas mariés.

— Il faut le dire à la police, conclut-elle, trouver qui a pu faire ça, arrêter vos gamineries. Se calmer, revenir sur terre, Robin… Tu as un fils, je te rappelle. Arthur a besoin de son père. Merde quoi, as-tu seulement pensé à Arthur ?

Elle se met à pleurer comme si j'avais répondu que ça m'était égal alors que je n'ai rien dit.

— Tu dois le dire à la police, renifle-t-elle.

— Paul serait incriminé.

— Paul est mourant !

— Chut.

— Quoi chut ?

— Il n'est pas mort.

— S'il meurt…

— Paul ne mourra pas.

C'est la deuxième fois que Malone s'enferme avec Julia dans la salle d'interrogatoire. Il la cuisine, j'espère qu'elle tiendra. Se taire, mentir, ce sont des techniques de communication ; Julia n'est pas une technicienne.

Cet agent du FBI me flanque la frousse. Il est trop subtil ; en Californie rien n'est approximatif et chacun tient son rôle, un rôle unique, jusqu'à sa mort. Lui il contrôle la situation tout en étant sexuellement ambigu, chaussures cirées… Curieux bonhomme. Est-ce une taupe venue s'assurer que Paul meure et sauver Internet ? Est-il là pour le compte d'Apple ? de Google ? de Facebook ? d'Amazon ? A-t-il une voiture ? Quel genre de voiture ?

Ma paranoïa – mon ange gardien. Que serait Internet si les hackers se faisaient confiance ?

Je déteste les gens qui n'utilisent pas Internet car je n'ai pas d'emprise sur eux ; ils sont secrets comme des individus.

Les ordinateurs nous sauvent en terminant de terminer l'Histoire, la Science et l'Art. Fabuleux moyens, ils s'occupent de *la fin* à notre place. En informatique théorique, nous disons : « P = NP. »

Le médecin s'approche comme un avion s'apprêtant à débarquer des passagers. Il nous explique que ça a été difficile mais que Paul est maintenant hors de danger.

— Il dort, ajoute-t-il.

— Quand se réveillera-t-il ?

— Dans plusieurs heures.

— Êtes-vous sûr qu'il n'y a plus rien à craindre ? demande Liz. Je ne voudrais pas avoir de faux espoirs.

— Il a eu chaud mais nous en sommes certains, dorénavant : Paul Mercier se réveillera et n'aura aucune séquelle. Il devra se reposer plusieurs semaines puis sera à nouveau sur pied.

D'après mon ami informaticien et biogérontologue Aubrey de Grey, notre génération vivra pour toujours. Nous sommes *les derniers hommes* : ceux qui clignent de l'œil, comme disait Nietzsche.

Paul est vivant donc la mort n'existe pas.

Il se réveillera et orchestrera Pandora. Il prendra la tête de son armée : dix mille hommes, femmes – dix mille soldats. Paul détruira Internet. La NSA ne pourra plus pirater nos données. Finie la surveillance. Mon ami vivant pour de bon, le réseau mourra assurément. Je n'aurai plus à m'en mêler. Il me suffira de me laisser dégringoler avec la branche sur laquelle nous étions assis Paul et moi et qu'il se sera chargé, seul avec dix mille hommes, sans moi, de scier.

Le héros c'est Paul. Ça a toujours été Paul.

Un de mes associés a essayé d'appeler à plusieurs reprises. Steven… Il doit vouloir parler de Stakato.

Stakato est une application que nous avons créée, Steven et moi, il y a trois ans. Le principe est simple mais fut un calvaire à mettre en place. À partir d'un million de morceaux de musique classique, nous avons extrait des critères permettant à un algorithme de composer à la demande un concerto, une symphonie, un opéra, une sonate, un menuet, une fugue, une suite, un prélude, un nocturne ou un rondeau. L'usager compose une mélodie sur un piano virtuel, quelques notes, pas besoin d'être musicien ; une fois satisfait, il choisit une forme instrumentale et Stakato se charge de l'orchestration, mouvements, etc. L'usager peut ensuite faire jouer son morceau par un orchestre virtuel, ou imprimer les partitions et le faire jouer par un orchestre réel.

Une centaine de producteurs de films ont utilisé Stakato pour la musique de leurs œuvres. Plusieurs opéras ont été composés et joués.

Nous devons vendre aujourd'hui l'application à *Universal Music Group* ou à *Sony Music Entertainment* pour un milliard de dollars.

— Steven, je n'ai pas le temps.

— Tu n'as jamais le temps, se plaint-il.

— Vends-le au plus offrant : Universal, Sony, peu importe.

— Que t'arrive-t-il ?

— Je ne peux pas t'expliquer.

— Il s'agit d'un milliard, Robin.

— De toute façon, je n'aime pas Stakato.

— Tu parles comme Mercier et Anders maintenant…

— Je t'emmerde, Steven.

— Je t'emmerde aussi, dit-il sur un ton enjoué, heureux, trop heureux, à l'idée de voir dans quelques heures plusieurs centaines de millions arriver sur son compte en banque, cela pour avoir codé quelques algorithmes, mis en ligne une application et effectué un marketing efficace. La famille de Steven est à l'abri pour cent générations.

— Je veux l'argent sur mon compte cet après-midi.

— Tes remords ne te font pas oublier l'essentiel, répond Steven. Tu devrais faire de la politique.

— Des crapules, voilà ce que nous sommes !

— Tu es sûr que ça va ?

— Non, Steven, rien ne va ! Vends Stakato, vends-le maintenant !

Après quelques minutes de réflexion silencieuse, je me dis que Stakato est l'opportunité de toucher le pactole une dernière fois avant la suppression d'Internet. Après, j'irai à la pêche avec Arthur, j'apprendrai à faire du feu sans allumettes, j'achèterai un ranch avec des poneys et me convertirai en propriétaire terrien. Pour m'amuser, j'appellerai mon ranch « Internet », et mes poneys : Amazon, Google, Facebook, Skype, Youtube, Spotify, Netflix et Oracle ; le coq s'appellera Twitter. Donner le nom de quelque chose qui n'existe plus à quelque chose qui existe encore est la seule vraie façon d'en faire le deuil ; si Dieu disait : « Que la lumière soit *autre chose* », alors la lumière que nous avons connue ne serait plus rien, même pas un souvenir. Dans mon ranch, je porterai un Stetson, je ferai venir du vin et je doigterai Liz derrière les halliers d'aubépines pendant qu'Arthur jouera sur une balançoire. La vie aura repris son cours inconséquent et immédiat. Au langage, nous aurons rendu les travers à l'intérieur desquels, si Dieu existe, Dieu existe.

Liz me propose de rentrer chez nous. Je lui dis qu'on ne peut avoir confiance en personne. La paranoïa est ce qu'il y a de plus américain chez moi. « Ils » apprendront que Paul n'est pas mort. « Ils » reviendront. « Ils » le tueront. Et ils tueront Julia. Ils tueront tout le monde. Je ne veux pas que les autres meurent parce que sinon je serai seul. Internet ne servirait plus à rien.

Julia me dit qu'elle veillera sur Paul mais ça ne suffit pas. Je suspecte encore Malone, qui a promis trop promptement de poster deux hommes devant la chambre. Je me prends aussi à suspecter les médecins, les infirmières, les patients, Julia… Et si c'était Julia ? Je n'ai confiance qu'en Awa, la jeune Indienne, et elle n'est pas là. Ce serait pourtant bien que je me repose avant mon rendez-vous avec Diego. J'ai passé deux nuits blanches : l'une à travailler, l'autre à errer dans cet hôpital-aéroport en attendant des nouvelles de mon ami blessé par balle.

Liz insiste mais je résiste. Larry me l'a répété plusieurs fois :

— Paul tiendra bon si tu tiens bon.

Je dois tenir bon. Ne pas céder à Liz qui renouvelle sa proposition.

— Ils t'appelleront quand Paul se réveillera.

Liz n'a pas eu le temps de mettre un soutien-gorge, je devine les tétons sous le débardeur. C'est me prendre par les sentiments.

— Il y a deux policiers armés devant sa porte, ajoute-t-elle, il y a Julia, les médecins. Paul ne risque rien.

Mon téléphone n'arrête pas de sonner. Mes entreprises. Les investisseurs. Steven. Diego n'a peut-être pas réussi à enfermer l'assassin dans le container d'Oakland. Larry s'inquiète pour Paul… Mes deux secrétaires. Michel et Sylvie Mercier à qui j'ai envoyé un message : « Paul va s'en sortir. Aucune séquelle. ☺ »

Ma fatigue se laisse emporter. Je ne dois pas partir, pourtant je faiblis. Je n'ai jamais fait de sport, je ne suis pas endurant, Paul a manqué de mourir et je suis incapable de rester avec lui.

— D'accord, finis-je par dire à Liz d'une voix blanche.

Je préviens Julia que je repasserai dans la journée. Je lui demande de me téléphoner au moindre soupçon. Je regarde les policiers, à la recherche d'une étincelle ou d'un mouvement de recul ; je voudrais les impressionner. Sont-ils complices ? Quel usage font-ils d'Internet ? Que sont-ils prêts à faire pour sauver le réseau ? J'ai envie de les menacer mais ils semblent trop idiots pour les initiatives. Ça me rassure un peu.

Malone, lui, n'est pas là. Peut-être suit-il la piste sur laquelle j'ai envoyé Diego avec plusieurs heures d'avance.

Près de la sortie, je croise Awa.

— Awa, tu dois veiller sur mon ami. Je n'ai confiance en personne ici.

— Tu me paieras ?

— Oui.

— Promets-le.

— Je te paierai, c'est promis.

Notre maison est exactement la même que toutes les maisons bourgeoises en Californie : une caverne lumineuse mais glauque, remplie de vrais faux joujoux. Un ordinateur dans chaque pièce, des écrans, ça clignote. J'ai voulu la pointe de la domotique. Le four communique avec la télévision pour s'assurer que les pizzas soient cuites quand le film commence ; le réfrigérateur rafraîchit les bières si le téléphone le prévient qu'un de mes amis est en chemin ; la machine à café se met en route aussitôt que le radioréveil a sonné ; le lave-linge communique avec le sèche-linge, les lumières s'allument lorsqu'on change de pièce et s'adaptent à l'heure de la journée ; la porte du garage prévient la chaîne hifi que je suis rentré, et la chaîne hi-fi lance le *Concerto pour violon et cordes en* la *mineur* de Felix Mendelssohn si la montre que j'ai au poignet déduit de mon rythme cardiaque que je suis calme, ou *Master of Puppets*, de Metallica, si elle me juge énervé. Tout est connecté, comme si la maison était un corps dont nous étions les influx nerveux ou les parasites habiles. Aux murs il y a de vieilles photos de New York. Rien de personnel.

Liz ne parle pas. J'ai l'impression qu'elle me plaint. Elle ne peut s'empêcher de m'aimer mais elle se force à me haïr. Son amour est involontaire comme une blessure, sa haine désirée comme un remède.

Ma paranoïa augmente avec la fatigue. Des figements me barrent la vue par intermittence, envoyés par mon ventre à mon cerveau pour signifier que la batterie sera prochainement à plat. Dormir. Je dois dormir.

Steven m'appelle. Je ne veux pas lui répondre mais un réflexe me fait décrocher. Universal a gagné l'enchère : un milliard et demi. Le communiqué paraîtra ce soir. Il me demande si je veux le lire.

— Je t'ai dit que je ne voulais pas m'en occuper.

— Un milliard et demi, Robin, si on enlève les frais, ça fait trois cents millions pour toi… tu pourrais faire semblant d'être heureux !

— Je suis crevé, Steven. Je n'ai pas dormi depuis trois jours.

— Je dois te parler de Time Street, reprend-il comme s'il ne m'avait pas entendu. Universal le veut aussi. Cette fois on peut tabler sur cinq cents millions pour un service qui n'a pas été mis en ligne. Tu te rends compte, Robin, cinq cents millions pour Time Street !

— Ce n'est pas le moment de vendre Time Street, dis-je dans un élan nauséeux.

Time Street est un projet pour lequel nous avons eu besoin de négocier un contrat de rachat systématique des images enregistrées par l'outil *Street View* de Google. Larry Page ne nous a fait aucun cadeau. Street View, qui lui appartient, consiste à faire rouler dans les villes du monde entier des voitures sur le toit desquelles des caméras enregistrent à 360 degrés. En consultant ces images (gratuitement), l'internaute peut se déplacer dans la ville projetée sur le web en trois dimensions, il voit les magasins comme les voitures de Google les ont vus, les lumières, il devine les ambiances, bifurque, revient en arrière. J'ai depuis longtemps l'habitude d'utiliser Steet View pour visiter des villes que je ne connais pas. J'ai arpenté pendant des heures Oulan-Bator, Kuala Lumpur, Lagos, Dakar, Douchanbé, Padoue, Rotterdam, Glasgow, Stuttgart, Santiago, Nagano, Séoul. Je connais ces villes : places, cafés, médinas. Je m'y sens chez moi sans jamais y être allé. Parfois, j'utilise aussi Street View pour me promener dans Toulouse, je reprends le chemin du collège Pierre-de-Fermat, la rue des Paradoux et son manteau de briques roses, la rue

Sainte-Ursule et ses magasins de bandes dessinées ; je m'arrête devant la porte intimidante de l'hôtel Bernuy, sa tourelle et son ginkgo biloba, arbre majestueux aux feuilles dorées et au tronc gris qu'on appelle aussi « arbre aux quarante écus » ou « abricotier d'argent » et qui a la particularité de dégager en automne une insoutenable odeur de beurre abîmé ; je me promène au bord de la Garonne lascive, lézard venimeux, wisigothique ; je passe sous le Pont-Neuf par les dégueuloirs duquel jaillissent des tubes de soleil, sur la rive faisant face à l'Hôtel-Dieu, forteresse les pieds dans l'eau, ancien hôpital des maladies contagieuses, temple vénitien amarré à la ruine d'un pont qui fut emporté par une crue violente mais dont on a laissé une arche afin que les pestiférés puissent y déambuler au grand air sans côtoyer le peuple sain ; je revois avec émotion le mamelon vert du dôme de la Grave et le carré ombragé de la place Saint-Pierre, où il y a ce bistro tenu par une femme très petite, aux cheveux rouges, que les lycéens adorent comme une déesse antique ; je me réfugie parmi les arbres du Jardin des Plantes : le sophora du père David, les cèdres à encens de Californie, la souche du cyprès chauve ; je reviens vers le cloître calme et équilibré des Augustins, où les gargouilles et les chapiteaux côtoient les délires du sculpteur Falguière : néréides d'albâtres entortillées dans des draps d'où émergent des monstres, évêques gras et autoritaires, flammes de pierre ; je longe les murs épais de la basilique Saint-Sernin dont le clocher octogonal pointe du doigt le ciel, sacrilège, comme pour l'exhorter à une nouvelle Nouvelle Alliance – la bague éclipsée du soleil ; je m'arrête un moment sur la place de la Trinité, où j'ai passé tant de soirées inoubliables dans le lieu-dit de L'Échanson ; j'entends les clochetons et les ruelles ; je me rappelle et retrouve cette vie simple qui fut la mienne – il y a combien de temps –, française autant qu'espagnole et maghrébine, helléniste, cathare, absolument méditerranéenne, un peu océanique ; je me souviens du calme bruyant et de la chaleur écrasante du mois d'août.

Régulièrement, une nouvelle voiture de Google passe, ce qui me permet de voir la ville comme elle est aujourd'hui, maintenant, et non pas comme elle était il y a six mois ; ainsi ai-je l'impression de continuer d'y vivre un peu.

J'avais fait part à Steven de cette habitude quand il m'a demandé ce que Google faisait des images d'archives. J'ai tout de suite appelé Larry, qui m'a expliqué qu'il conservait les archives mais qu'elles surchargeaient ses serveurs, et qu'il songeait par conséquent à s'en débarrasser. Nous lui avons proposé de les racheter pour les héberger sur nos propres serveurs. Une fois le contrat signé, nous avons commencé à mettre en place un service que peu de gens connaissent, car il n'est pas opérationnel. Ce système, nommé Time Street, permet de se déplacer non plus seulement dans l'espace, comme Street View, mais aussi dans le temps. Voir comment les rues ont évolué, quels nouveaux magasins ont ouvert, quels travaux ont été faits, comment les gens étaient habillés il y a trois ans, changer de saison, d'année, d'époque. Pour l'instant, nous ne pouvons remonter que jusqu'en 2007, date de lancement de Street View. Mais imaginez dans dix, deux cents… Imaginez dans mille ans. Time Street permettra aux historiens d'effectuer leurs enquêtes sur le terrain. Nous pourrons visiter une ville comme elle aura été mille ans auparavant, évoluer dans le temps et l'espace avec un joystick. Time Street est un projet dont je suis extrêmement fier, c'est pourquoi, alors qu'on m'a déjà fait plusieurs propositions (Larry lui-même a voulu l'acheter), je me suis toujours refusé à le vendre. Mais aujourd'hui je suis faible. Et puisque Paul est vivant, et qu'il va détruire Internet, cela n'aura plus aucun sens.

Je pense au ranch dans lequel j'irai vivre avec Liz et Arthur quand Internet n'existera plus. Qu'ont prévu Julia et Paul ? Où iront-ils ? Ne les reverrai-je donc jamais ?

— Vends-le, dis-je à Steven, puisque tu y tiens.

Les larmes me montent aux yeux. J'aime Time Street, je l'ai aimé.

Au commencement était le Verbe ; à la fin : le smiley.

— Que se passe-t-il ? s'inquiète Liz.

— Rien, je dois dormir.

En voyant que je ne me dirige pas vers notre chambre, elle demande :

— Je croyais que tu avais sommeil ?

— Je vais dans la chambre d'Arthur.

Je m'allonge au milieu des jouets électroniques et des affiches de super-héros.

De quelle vérité le sommeil est-il la communication ? Les rêves, dit-on, *signifient* quelque chose. Il appartient aux poètes de les déchiffrer. Les ingénieurs sont condamnés à les subir, car les rêves n'ont de bouche et d'yeux que lorsque la raison a fermé la bouche et les yeux.

Je me souviendrai longtemps du rêve que j'ai fait ce jour-là.

Treize personnes, vêtues comme des prophètes, tenaient dans leurs mains des tablettes numériques sur lesquelles des lois avaient été écrites. Je reconnus les inventeurs d'Internet : Leonard Kleinrock, Joseph Licklider,

Lawrence Roberts, Louis Pouzin, Jon Postel, Donald Davies, Ted Nelson, Douglas Engelbart, Vint Cerf, Robert Kahn, Tim Berners-Lee, Robert Cailliau et Marc Andreessen. Seulement des hommes.

Ma mère surgit et chassa les prophètes ; ils pleurèrent et elle les prit en pitié. Il n'y avait plus de place pour moi.

Je levai les yeux et aperçus un géant : Al Gore. Socrate arriva. « Ceci tuera cela », cria-t-il, mais Al Gore l'écrasa du bout du pied. Les treize prophètes et ma mère le félicitèrent. Ils se rapprochèrent les uns des autres et ne formèrent bientôt qu'un seul corps qui ramassa le cadavre écrabouillé de Socrate et le fixa à l'endroit du sexe.

J'avais peur. Des lignes de feu me frôlaient sans me toucher. La voix de Paul criait dans le lointain : « Tu dois me remplacer Robin ! Tu dois me remplacer ! » Puis la voix de Julia finissait par couvrir la sienne : « Il ne le fera pas ! »

Je me réveille au milieu de l'après-midi. *Good morning Twitter !*

Vingt-quatre appels en absence. L'hôpital n'a pas téléphoné. Steven voulait sans doute me parler de Time Street ou de Stakato ; je ne me rappelle plus lequel j'ai vendu, lequel je dois vendre. D'autres appels : ma secrétaire, des dirigeants, des investisseurs, encore ma secrétaire.

Manège de ma vie.

Je vais sur Wikipédia et je clique sur le bouton *Random article* :

In philosophy and logic, contingency is the status of propositions that are neither true under every possible valuation (i.e. tautologies) nor false under every possible valuation (i.e. contradictions). A contingent proposition is neither necessarily true nor necessarily false. Propositions that are contingent may be so because they contain logical connectives which, along with the truth value of any of its atomic parts, determine the truth value of the proposition. This is to say that the truth value of the proposition is contingent upon the truth values of the sentences which comprise it. Contingent propositions depend on the facts, whereas analytic propositions are true without regard to any facts about which they speak.

Pour moi, c'est comme me brosser les dents. Ça me remet les idées en place. Je lis un article au hasard chaque matin et je n'oublie jamais ce que j'ai lu, déplacements aléatoires dans l'arbre de la connaissance. Du coup, je suis extrêmement cultivé. Je sais ce qu'Anaxagore a pensé et ce que Kant a écrit. Je connais les noms de chacun des compositeurs de Walt Disney. Le lac de Pergusa a une surface de 1,8 kilomètre carré. Je pourrais parler de Johann Jakob Biedermann pendant au moins vingt minutes sans me répéter. Je sais ce que machin pense de truc et ce que truc a écrit à propos de bidule. Je suis rempli de savoir comme le cercueil de Dumbledore. Souvent, alors que Paul expose ses hautes pensées, je le reprends : mauvaise date, un nom écorché. S'il ne me croit pas, je m'en réfère à mon smartphone pour lui prouver que j'ai raison. Ça l'insupporte et ça insupporte Liz – tout le monde à vrai dire –, mais je ne peux m'en empêcher. Je ne suis peut-être pas intelligent, cependant mon savoir est *exact*. À défaut d'être celui qui sait ou qui comprend, je suis celui qui est connecté.

Arthur se jette dans mes bras. Ses boucles blondes, son visage encore joufflu, sweat-shirt à capuche, baskets à la mode.

Paul n'est pas mort, je ne mourrai pas. Je le sais maintenant que je serre contre ma poitrine celui qui un jour communiquera à ma place. Liz est dans la cuisine avec son père.

— Vous dormez pendant que votre ami est à l'hôpital ?

— Papa ! gronde Liz.

— Mon ami est sauvé.

— Et vous, pourquoi ne vous ont-ils pas tiré dessus ?

— Ça vous aurait fait plaisir !

— Arrêtez, implore Liz.

— Je veux qu'il s'en aille, dis-je.

Arthur joue à *Candy Crush* sur sa tablette numérique. Il ne se préoccupe de rien. S'il avait vécu au XXIe siècle, Proust aurait été pressé que sa mère sorte de la chambre.

Je suis heureux de voir la grosse voiture de ce gros con d'Américain quitter la contre-allée. Ma contre-allée. Ce faisant, je me dis que j'ai réussi dans mon époque comme lui a réussi dans la sienne. Si je le hais, c'est peut-être parce qu'en définitive je lui ressemble un peu. Je déteste ce que Liz ne déteste pas en moi qu'elle ne déteste pas en son père non plus.

— Pourquoi es-tu toujours aussi agressif avec mes parents ?

— Tu plaisantes j'espère ?

— Mes parents nous aident avec Arthur.

— Si ça ne tenait qu'à moi, nous prendrions une baby-sitter.

— Mon père ne te comprend pas.

— Appelle-ça comme tu veux : la haine, l'incompréhension, c'est pareil.

— Tu le comprends, toi ?

— Hélas !

— Comment peux-tu créer des machines qui communiquent alors que tu es si mauvais en communication ?

— Je les crée pour qu'elles communiquent à ma place.

Mon téléphone sonne encore. Il y aura toujours une technologie pour m'empêcher de parler à Liz.

— Il est sur ma banquette, dit Diego.

Le chicano parle très calmement, comme s'il s'agissait de me montrer qu'il m'a obéi mais n'approuve pas. Il le fait pour Paul, pas pour moi.

— A-t-il résisté ?

— Un peu, mais finalement il est venu. Je l'ai menotté par précaution, il n'opposera plus de résistance. Je lui ai promis que nous ne le livrerions pas à la police s'il obtempérait.

— A-t-il dit pour qui il travaillait ?

— Pas encore.

— Retrouvons-nous à l'endroit prévu.

Je raccroche. Nouveau coup de fil.

Liz m'observe sans parler. Je parle avec mon téléphone sans la regarder, trop loin pour qu'elle puisse entendre.

— Monsieur Valéry ?

C'est Malone. Arthur joue avec sa tablette.

— Mercier s'est réveillé, il voudrait vous parler.

La voiture est trop matérielle et trop lente à mon goût, relique d'un siècle où il fallait être en présence de ses collègues pour travailler. Pas de permis, je ne conduis jamais. Quand ce n'est pas avec Liz, je me déplace avec un chauffeur nommé Euler. Si Liz est au travail et Euler indisponible, je passe mes journées à Redwood à communiquer avec le monde entier.

Euler est un rastaquouère blanc, maigre, chauffeur attitré de tous les pontes de la Vallée. Ce fut le premier taxi Uber. Il détient un doctorat d'épistémologie et a plus de cent mille followers sur Twitter. Il a voulu être chauffeur, m'a-t-il expliqué, pour se situer sans cesse entre un point A et un point B.

— Ça me permet de me défaire de la différenciation absurde que les gens font entre le temps et la distance, explique-t-il à ceux qui le questionnent. La vitesse ? L'orgueil, je leur dis. Je crois que la vitesse est un mensonge ; ça n'existe pas la vitesse. Le temps et la distance, leur rapport est égal à un. Le plat est salé oui ou non. L'univers dégringole depuis la Renaissance, la Science a foiré... Tu comprends ?

Je n'ai jamais compris les discours farfelus qu'Euler soliloque dans un anglais de banlieue à propos de physique, de philosophie, de poésie et de peinture. Pourtant je suis certain qu'il y a dans ce qu'il dit une vérité solide. Il me donne des conseils et me gronde gentiment quand il a entendu à la radio que j'ai vendu une entreprise et qu'il juge que le pourboire n'est pas, comme il dit, « moderne ».

De la même façon que mes semblables de la Silicon Valley, j'aime chez Euler ce que je ne comprends pas. Euler annonce la Vérité.

— À l'hôpital, dis-je en montant dans le taxi, Paul a été blessé.

— Je sais, répond Euler.

— Comment ?

— J'ai eu Larry il y a deux heures. Mercier va mieux ?

— Il s'en sortira.

Il parle sans regarder le rétroviseur.

— Sais-tu pourquoi Paul a été blessé ?

— Un Républicain l'aura pris pour un Noir. Pourquoi sortez-vous dans la rue ? À votre place, j'attendrais la fin du monde en sifflant des Corona.

— On s'ennuierait.

— Par Némésis, l'ennui est la seule philosophie ! Je sais que je ne sais rien parce que j'ai eu le courage de m'ennuyer…

Et Euler part dans une de ces harangues dont il a le secret : « À propos de Socrate… »

Je ne l'écoute pas, mais le roulis de sa voix me rassure. Sûrement dit-il des choses passionnantes, toutefois je me contente du bruit que font les enchevêtrements de mots. La Vérité me parle en conduisant le véhicule dans lequel je me trouve, et je la manque comme Perceval a manqué le Saint Graal. Il y a quelque chose en moi qui préfère ne pas arriver à bon port.

Pendant qu'Euler m'entretient de Socrate, je m'aperçois que j'ai reçu vingt-trois appels de Marissa Mayer, la présidente de Yahoo. Marissa est un animal à sang froid, blonde comme Cersei Lannister, informaticienne géniale, belle mais figée, sourire algorithmique, seulement des canines, elle ne mange pas de viande – pourtant tout chez elle est *cannibale*. Mayer, l'impératrice. Son nez ressemble à s'y méprendre à celui de Cléopâtre : s'il eut été plus court, la face d'Internet aurait changé. Marissa diffère cependant de Cléopâtre en cela que rien chez elle n'est sexué, ce qui en fait une créature plus dangereuse encore. Elle a été le bras droit de Larry Page et de Sergey Brin pendant dix ans avant de quitter Google pour prendre les commandes de Yahoo et devenir la femme la plus puissante d'Internet. Au vingt-quatrième appel, je décroche.

Euler continue de déblatérer : « Le dieu Theut est un imbécile, n'est-ce pas ? Un vantard… Thamous, le roi d'Égypte, *is fuck'n right, you know…* »

— Robin !

— Marissa.

J'entends des sonneries stridentes : téléphones, employés… Marissa ne s'arrête jamais.

— Que puis-je pour toi ?

— J'ai appris pour Mercier.

Elle peut avoir commandité l'assassinat, me dis-je. Toute sa vie dépend d'Internet. Si le réseau était détruit, elle se retrouverait sans rien.

— Comment l'as-tu su ?

— J'ai téléphoné à Larry… Mercier va-t-il s'en sortir ? Comment va Julia ?

Je décide de ne pas dire que Paul s'est réveillé, car si Marissa est au courant, et qu'elle sait qu'il a réuni une armée de dix mille hommes pour détruire Internet, elle pourrait le tuer de ses propres mains.

— Les médecins sont inquiets.

— Croisons les doigts.

— Comme tu dis.

— Robin…

— Oui ?

Marissa n'est pas du genre à s'inquiéter pour la santé de quelqu'un.

— Il paraît que tu vends Time Street à Universal, c'est vrai ?

— Les nouvelles vont vite.

— Tu vends oui ou non ?

— C'est Steven qui vend.

— Tu ne peux pas faire ça, Robin… Combien ont-ils offert ?

— Il faut voir avec Steven. Cinq cents millions je crois.

— Je double !

Marissa me fait penser à une enfant gâtée dont un camarade posséderait un jouet qu'elle ne pourrait pas avoir : un jouet unique. Les rues du temps.

— Téléphone à Steven.

— Il n'obéira qu'à toi. Appelle-le, dis-lui de me le vendre… Je veux Time Street.

Marissa décide de me flatter. Je la laisse faire. El Camino est encore à dix bonnes minutes. Elle lèche le téléphone à mon intention. Je branche le haut-parleur pour qu'Euler en profite.

— … Time Street, Robin, c'est la meilleure idée que t'aies eue. C'est mieux que Doctorus, mieux que Chatroulette ou que Stakato, c'est mieux que Facebook, putain. C'est du pur génie !

Je finis par l'interrompre.

— Écoute, c'est très gentil mais tu dois voir avec Steven.

Les filles comme Marissa n'aiment pas qu'on repousse leurs avances ou que les chefs les envoient vers des subalternes. Nul doute, si elle n'achète pas Time Street, elle me le fera payer.

J'envoie un SMS à Steven : « Yahoo est intéressé. Marissa peut grimper jusqu'au milliard. Je te laisse t'en occuper. »

Une seconde plus tard, la réponse de Steven : « *OK.* »

— Ce qui lui faudrait, s'exclame Euler, à Marissa, c'est un grand coup de bite !

— Ou une humiliation publique, dis-je en pensant à Cersei dans *Game of Thrones*.

Le reste du trajet est consacré par Euler à un discours à propos du veau d'or forgé par Aaron alors que Moïse escaladait le mont Sinaï.

— *Aaron was a positivist, you know…*

En arrivant à l'hôpital, je ne vois pas Awa. J'espère que sa mère s'en est sortie et qu'elles ont rejoint une plaine où elles élèveront de gentils bisons en écoutant les fables d'un pépé couvert de plumes, qu'il n'y aura pas de chercheurs d'or, etc.

Je suis trop crédule pour croire en Dieu mais je me dis qu'il y a quand même certaines histoires qui finissent bien.

Malone a changé de costume ; celui-ci est clair sans être colonial, parfaitement coupé, semblable à ceux que les aristocrates anglais portent le dimanche à l'hippodrome. Quel genre de flic est assez dandy pour changer de tenue alors qu'il enquête sur une tentative d'homicide ?

— Je viens de parler avec Mercier, prévient-il.

— Lui avez-vous dit que vous essayiez de trouver son agresseur ?

— Je lui ai posé des questions.

Malone est calme comme un caillou.

— Vous a-t-il répondu ?

— Il n'a pas nié qu'il était nécessaire de détruire Internet.

Je m'insurge.

— Si je comprends bien, selon vous, Paul a mérité ce qui est arrivé ?

— Non, mais comme on dit chez moi : un fait divers révèle un écheveau d'irrégularités.

— Eh bien chez moi, agent Malone, c'est à Toulouse, et à Toulouse nous disons que les Anglais ne savent pas jouer au rugby, qu'ils roulent à gauche parce qu'ils n'ont pas le courage d'être pacifistes, qu'ils mangent du foutre de putois, appelé *marmite*, et que leurs rois sont les descendants d'une reine dont nous ne voulions pas.

D'un geste, Malone me fait comprendre qu'il ne compte pas me congédier.

— Mercier m'a garanti que vous n'étiez pas lié à la tentative de meurtre.

— Vous voilà rassuré ?

— En fait, il m'a dit que vous n'aviez pas *assez d'imagination* pour être un assassin.

À l'école je m'arrangeais pour être dispensé de piscine ; Paul s'en sera souvenu.

Je demande :

— Où est Julia ?

— Mlle Anders est dans la salle d'attente, répond Malone. Pour l'instant, je ne l'ai pas autorisée à voir Mercier.

— Dans le genre cruel !

— L'enquête est en cours, je ne veux prendre aucun risque, cependant, vous, puisque vous étiez près de lui quand on lui a tiré dessus, j'ai décidé de vous autoriser à le voir.

— Faut-il que je vous remercie ?

— Certainement, non. Il y a toutefois une conversation que je tiens à ce que nous ayons avant de vous laisser seul avec votre ami.

— Ai-je le choix ?

Malone tapote son index sur le bord d'une table. Réflexe d'ancien fumeur.

— Pensez-vous, monsieur Valéry, qu'Internet constitue un progrès ?

— Vous n'allez pas remettre ça !

— Le pensez-vous, oui ou non ?

— Des millions d'emplois ont été créés, mais la violence a progressé.

— Vous parlez comme Mercier.

— Nous sommes les mêmes.

— Il vient de me dire l'inverse, coupe Malone.

— Les deux faces d'une pièce de monnaie sont différentes.

— Pardon, mais je trouve qu'il a davantage de points communs avec Julia Anders qu'avec vous. Et les pièces n'ont que deux faces, n'est-ce pas ?

La cadence du tapotement sur le bord de la table augmente.

— Mercier ne semble pas vous porter dans son cœur, ajoute l'agent.

— Cela ne vous regarde pas.

Malone ne parviendra pas à nous monter l'un contre l'autre. C'est moi qui ai offert à Paul une calculatrice le jour de ses six ans. Les autres avaient apporté des jouets circonscrits dans l'espace et le temps qu'ensuite il a cassés ou perdus. En classe prépa, c'était toujours à moi que Paul s'adressait quand il avait besoin d'argent.

— Si j'ai bien compris, reprend Malone, vous êtes, Mercier et vous, *technodéterministes* ? Vous pensez que la technique détermine l'homme ?

— Pas exactement.

— Que croyez-vous ?

— Je crois que Paul a raison quand il prétend que Günther Anders a raison.

— Pensez-vous que Mercier a raison de haïr Internet ?

— Je pense que cela n'est pas irrationnel. Un monde où l'on communique avec des smileys jaunes pour dire « je suis content », « je suis en colère », « je tire la langue », « je pleure », « je suis ému » ou « j'ai envie de vomir », c'est un monde barbare.

— Répondez-moi franchement : qu'est-ce qui se passerait si on détruisait Internet ?

Cela m'excite de décrire à Malone ce qui va arriver demain.

— Ce serait brutal, comme l'amputation d'un membre gangrené auquel le corps est habitué. On coupe le membre ; il y a du pus ; la chair dégouline ; le patient hurle ; il veut vous tuer ; il veut mourir ; et puis la vie reprend, et un jour, plus tard, le patient vous remercie.

Malone s'aperçoit que j'ai remarqué son trouble obsessionnel ; il essaie d'arrêter. C'est grotesque. Il a dû beaucoup fumer. En Californie personne ne fume, à part les méchants dans les films.

— Mercier mérite-t-il selon vous d'être admiré ? demande-t-il.

— Oui.

Le tapotement reprend.

— Pourquoi ?

— Parce qu'il n'a pas soif d'être Dieu.

Il humidifie sa lèvre supérieure.

— Avez-vous soif d'être Dieu, monsieur Valéry ?

— Comme tout le monde, je n'ai pas compris que ne pas croire en Dieu, c'était, d'une certaine façon, se prendre pour lui.

— Comment expliquez-vous votre réussite ?

— J'ai rempli les espaces laissés vides par les autres.

— Et Mercier ?

Je baisse les yeux.

— Mercier a réussi parce qu'il m'a rencontré.

— Pardon ? demande Malone, ravi de constater que mon amitié a une limite.

— S'il ne m'avait pas rencontré, dis-je, il n'aurait pas appris à programmer.

— Où voulez-vous en venir ?

— Je lui ai offert une calculatrice puis je l'ai conduit ici.

Moi aussi j'ai fumé lorsque j'étais étudiant. Un vrai sapeur. Stade oral maximum.

— Paul est mon ami.

Malone sort son carnet et écrit, comme si j'avais avoué un crime.

— Pouvez-vous m'expliquer en quoi Mercier et vous êtes différents ?

— Paul veut que le monde soit meilleur.

— Et vous ?

— Je suis un athée dogmatique, agent Malone, et en même temps j'ai peur de ce qui est physique. J'ai peur de ce qui est infranchissable. Ma mère, lorsque j'étais enfant, refusait de m'embrasser.

Nous sommes deux maintenant à tapoter le bord de la table.

— J'ai agi parce que je n'avais rien de mieux à faire, alors que Paul a agi parce qu'il ne pouvait rien faire de mieux.

Malone se plonge dans son carnet, il gratte ; il remplit plusieurs pages ; c'est insupportable.

Si je pouvais, je me remettrais à fumer. Une clope, un trait de cocaïne et un litre de Jack Daniels : c'est de cela dont j'ai besoin. Et un disque d'Oscar Peterson, pour avoir l'impression d'ouvrir les yeux.

— Croyez-vous que cela explique le fait que Mercier ait reçu une balle et vous non ? dit Malone après un silence infernal.

— Je vous dis que c'est absurde.

— À votre avis, reprend-il, pourquoi a-t-il exigé de vous voir, vous en priorité, et pas Julia Anders ?

— Parce que les amours passent, les amis restent. Je serai toujours là.

Il feuillette son carnet au hasard, comme s'il suffisait de mettre de l'ordre dans ses notes pour découvrir la solution.

— Admirez-vous Mercier ? demande-t-il enfin.

— Vous m'avez déjà posé la question.

Malone regarde ses notes.

— Mercier vous admire-t-il ?

En voyant que je ne réponds pas, l'agent finit par prononcer la phrase la plus horripilante de toute la civilisation occidentale.

— C'est bien ce que je pensais.

Une infirmière me conduit dans la chambre où Paul a été transféré. Elles sont toutes belles dans cet hôpital – c'est un hôpital pour riches –, seulement je n'ai plus la force de spéculer.

Il y a un flic de part et d'autre de la porte de la chambre. Ils ont reçu l'ordre de protéger Paul, de le surveiller et de fouiller ceux qui entrent. On me prend mes deux téléphones (je les éteins), mon portefeuille, mes clefs, mon iPod shuffle. Comme ça, je ne pourrai blesser personne. Une fois qu'ils ont fini, le plus costaud fait signe à l'agent Malone, posté à une dizaine de mètres dans le couloir.

— On vous laisse seul avec lui mais on vous surveille, prévient-il en ouvrant la porte.

Fleurs en plastique, parfum d'alcool à brûler, électrocardiogramme… Difficile d'intégrer tout ça à ma métaphore. Du coup je perds l'équilibre mais je me rattrape de justesse à une bouteille d'aseptisant : il y a les mêmes dans les aéroports.

Paul est dans son lit – tubes, perfusion –, les yeux ouverts, vivant.

— Tu as une gueule de zombie, dit-il en me voyant.

Je mets quelque temps à parler. D'abord je le regarde : sa peau grise, ses yeux amoindris… Et c'est moi le zombie.

— Le FBI est-il parti ?

— Ils sont devant la porte.

— Merde.

— Nous pouvons parler français, ils ne comprennent pas.

— Qu'est-ce que tu en sais ?

C'est le même ton hautain que d'habitude, celui qui vous fait croire que Paul vous accorde une faveur quand il vous demande un service.

— J'ai regardé sur Datacop.

— Qu'est-ce que t'a dit Malone ?

— Il pense que la destruction d'Internet ne résoudra rien.

Paul soupire.

— Pas à propos de ça.

Une odeur dont je ne sais pas si c'est celle du sang ou de l'urine m'envahit les poumons.

Je décide de montrer à Paul que je suis capable d'un peu de courage.

— Je vais m'occuper du gars qui t'a tiré dessus.

— Qu'est-ce que tu racontes ? répond-il, irrité. Tu te crois dans *Mister Robot*, c'est ça ? Tu te prends pour Elliot Alderson ?

Je n'aurais pas dû parler de mon plan, du moins pas de cette façon.

— Qu'est-ce que tu as *encore* fait ?

J'ai l'impression de voir ma mère : les lèvres malades, l'odeur de pharmacie.

— J'ai mis Diego sur le coup.

— Ce que tu peux être con ! s'écrie Paul.

Il tousse.

— Je ne veux pas de blessé, compris ?

— Ce n'est pas mon intention. À ton avis qui est le commanditaire ?

— Marissa Mayer, peut-être.

— Je viens de l'avoir au téléphone. Elle m'a dit qu'elle voulait acheter Time Street…

Paul me fait signe de parler moins fort.

— Que lui as-tu dit ?

— Je n'ai pas dit que tu étais réveillé.

Il essaie de se redresser.

— Tu vends Time Street ? s'étonne-t-il.

— Quelle importance, puisque le réseau sera hors circuit ?

— Tu me fais peur…

Ses yeux vitreux le rendent méconnaissable. On dirait qu'il porte un voile transparent et gélatineux près de la peau, sur les paupières, une pommade mortuaire.

— As-tu vu Julia ?

— Oui.

— Malone n'a pas voulu que je la voie.

L'électrocardiogramme s'agite.

— Il faudrait que je voie Julia.

Paul a besoin de moi comme il n'en a encore jamais eu besoin mais il me parle, quand même, de Julia. Julia qui n'a aucune compétence technique, qui ne peut pas l'aider, et ne le suce même pas !

Je décide de me lancer.

— Veux-tu que je vous aide ?

Il me regarde avec sincérité pour la première fois depuis que je suis dans la chambre et peut-être depuis des années.

— Je croyais que tu ne voulais pas participer ?

Je me contente de sourire en espérant que ça aura l'air de vouloir dire quelque chose.

— Qu'est-ce qui t'a fait changer d'avis ?

Je ne peux pas avouer que c'est parce que j'ai envie d'être un héros à sa place.

— On t'a tiré dessus.

Paul prend quelques secondes pour réfléchir, sourcils froncés, visage douloureux.

— Tu es notre dernière chance, conclut-il en se tournant vers la fenêtre. L'agent Malone est au courant pour Pandora. Je ne sais pas comment il sait, mais il sait. Il m'a interdit d'accéder à un ordinateur ou à un téléphone. L'Isoc a dû le mettre au parfum.

— Ça m'étonnerait.

— Pourquoi ? demande Paul.

— Il porte des Church's, ce n'est pas le genre de l'Isoc.

Ma plaisanterie ne l'amuse pas.

— Malone ne m'aurait pas laissé venir te voir s'il avait travaillé pour l'Isoc, dis-je.

— Il a voulu l'interdire, mais j'ai téléphoné à un de mes amis du FBI. Il semble qu'il ne soit pas en odeur de sainteté là-bas. On m'a autorisé à te parler sans que personne soit dans la chambre.

— Pourquoi moi et pas Julia ?

— Ils la soupçonnent d'être de mèche, alors que toi personne ne croit que tu aies pu faire ça, ni que tu pourrais m'aider à détruire Internet.

— Malone me soupçonne, dis-je fièrement.

— C'est un paranoïaque, commente Paul, il aurait pu être programmeur.

— Je vais vous aider…

— Tu es notre unique chance, répète Paul sans me regarder.

Ma présence semble l'indisposer. Je ne lui en montre rien mais cela m'anéantit.

— Il aurait fallu que je trouve un moyen pour contacter Assange, ânonne-t-il en serrant les dents. Il aurait pu orchestrer l'attaque à ma place. Les dix mille internautes se connecteront demain à midi. J'ai enregistré le programme sur une clé USB cryptée. Il aurait fallu que je voie Assange physiquement…

— La clé, elle est ici ?

— Oui, j'ai réussi à la dissimuler.

Pourquoi Paul ne me regarde-t-il pas ? Que croit-il à la fin ? Qu'il pourra détruire Internet sans moi ?

Je suis celui qui décide et qui choisit ; celui qui code, c'est moi.

— S'il y a bien une chose que je suis capable de faire, dis-je, c'est de gérer une interface. Et mieux qu'Assange, tu crois pas ?

Je décide d'ignorer les états d'âme de Paul. Non seulement je vais faire partie de son armée mais surtout je vais la commander à sa place. Il se prosternera demain, ivre de reconnaissance.

Un autre élément peut expliquer sa réticence : il doit penser que Malone a pu réussir à me mettre de son côté. Il ne peut pas exclure cette hypothèse, je comprends, je ne lui en veux pas, Paul est intelligent. Quoi qu'il en soit, il n'a pas le choix : ou bien il me donne la clé et je la donne à Malone, ou bien il me la donne et je détruis Internet. S'il ne me la donne pas, Internet ne sera pas détruit et Malone fouillera la chambre jusqu'à trouver la clé.

Paul décroche un patch de silicone attaché à sa peau, tout à fait invisible sous la cuisse.

— Mets-le au même endroit, dit-il. Malone ne trouvera rien s'il te fouille. Même les rayons ne le détectent pas.

Pendant que je me déshabille pour coller cet étrange patch, Paul me donne les consignes.

— Tu verras, ce n'est pas compliqué. Jette un coup d'œil dès aujourd'hui, cela te permettra de maîtriser l'interface et de ne pas faire d'erreur demain, à midi, lorsque les choses commenceront. Tu n'auras que trois manipulations à faire, mais cela doit avoir lieu entre midi et treize heures, car à treize heures l'opération, si elle n'a pas été lancée, sera avortée pour toujours. Demain, à midi, les dix mille unités seront connectées et prêtes à te suivre. Ceux qui doivent avoir des armes pour détruire les serveurs et les câbles les ont en leur possession, prêtes à l'emploi. La plupart sont des militaires, les autres ont été formés. Dès que j'avais le moindre doute, j'ai doublé la mission ; de cette façon ce ne sera pas une mais deux rockets qui s'abattront sur les serveurs. Je me suis débrouillé pour qu'il n'y ait personne sur les lieux, il ne devrait pas y avoir de morts. Malone va te surveiller de près, tu dois faire attention. Annule ce que tu prépares avec Diego. La priorité c'est Internet. Tu dois dynamiter le réseau. Demain, à treize heures, l'interface s'autodétruira, les adresses IP des dix mille unités disparaîtront et il n'y aura plus une seule preuve de notre action hormis cette clé USB. Tu devras la brûler pour qu'il n'en reste rien. Tout le monde saura que c'est moi qui ai organisé l'attentat mais personne ne sera en mesure de m'incriminer. Si tu réussis, nous aurons supprimé le pire fléau de l'humanité.

— Le silence est une idée neuve en ce siècle, dis-je en ayant l'impression d'avoir rendez-vous avec l'Histoire.

— Tu peux faire confiance à Julia mais à personne d'autre, compris ?

— Même pas à Diego ?

— À personne je te dis.

Ras le bol des ordres. Marre des jugements. Je ferai confiance à qui je veux. Cette fois c'est moi qui vais commander, et je vais le faire à ma manière, comme je veux. C'est moi qui vais détruire Internet. Pas lui, moi. Robin Valéry. Épiméthée.

2

Épiméthée

BEFOREHAND : close door, each window & exit ; wait until
time.
open spellbook, study, read (scan, select, tell us) ;
write it, print the hex while each watches,
reverse its length, write again ;
kill spiders, pop them, chop, split, kill them.
unlink arms, shift, wait & listen (listening, wait),
sort the flock (then, warn the «goats» & kill the
«sheep») ;
kill them, dump qualms, shift moralities,
values aside, each one ;
die sheep ! die to reverse the system
you accept (reject, respect) ;
next step,
kill the next sacrifice, each sacrifice,
wait, redo ritual until «all the spirits are pleased» ;
do it («as they say»).
do it(*everyone***must***participate***in***forbidden
**s*e*x*).
return last victim ; package body ;
exit crypt (time, times & «half a time») & close it,
select (quickly) & warn your next victim ;
AFTERWARDS : tell nobody.
wait, wait until time ;
wait until next year, next decade ;
sleep, sleep, die yourself,
die at last

Larry Wal

Lorsque je sors de la chambre, Malone ne manque pas de me faire fouiller.

— Mercier vous a-t-il donné quelque chose ?

— Rien, cherchez.

Les mains des deux agents qui gardaient la porte flottent sur moi comme des limaces pendant que leur chef observe la scène sans se salir les mains. Je devine que Malone déteste la part de son travail qui consiste à toucher les suspects.

— La clé USB, monsieur Valéry.

— Je ne sais pas de quoi vous parlez.

— Donnez-la-moi sans faire d'histoire.

— Je suis allé sur Datacop et j'ai lu les conversations de vos collègues. Il semblerait qu'ils vous prennent pour un fou.

— Je croyais que vous n'aviez pas accès à Datacop, dit Malone sans embarras.

— Puis-je m'en aller maintenant ?

Il change de ton.

— Attention.

— Vous me menacez ?

— Je vous préviens.

J'ai rendez-vous avec Diego dans moins d'une heure à Oakland pour interroger le type qui a tiré sur Paul. Malone me fera suivre où que j'aille, c'est évident. J'hésite un instant à demander à Diego de se charger seul de l'interrogatoire, mais je m'en voudrais de manquer l'aventure.

Euler pourra m'aider. C'est toujours vers Euler que les gens comme moi se tournent en cas de danger. Je le préviens grâce à Uber.

En sortant d'El Camino, je croise Julia.

— Tu as vu Paul ? demande-t-elle.

— Il va bien.

— T'a-t-il donné quelque chose ?

Si je lui dis que j'ai la clé USB, elle m'obligera à la lui confier ; elle ne me laissera pas orchestrer seul les opérations ; je ne pourrai plus m'en débarrasser ; elle me suivra partout ; je n'aurai pas d'autre choix que de lui dire que j'ai prévu de me rendre à Oakland pour interroger l'assassin, ce dont elle m'empêchera, prétextant qu'il s'agit d'une prise de risque inutile. Elle ne me lâchera plus d'une semelle et en profitera pour contacter Assange, comme le souhaitait Paul, pour qu'il pilote Pandora depuis l'ambassade d'Équateur où il est planqué à Londres. Trop tard. C'est à moi que Paul a donné la clé.

— Je dois y aller…

— Paul t'a-t-il donné le programme ?

— Je te téléphone dans deux heures.

Malone sort de l'hôpital, il est à une dizaine de mètres.

— Pas maintenant, dis-je.

— Robin…

Julia ne me fait aucune confiance mais la présence de Malone l'empêche de me retenir.

— Je dois y aller.

— Où ?

— J'ai quelque chose à faire, c'est urgent, je reviendrai.

Euler klaxonne.

— Hölderlin, dit-il en m'ouvrant la portière, connaissez-vous Hölderlin ? *Tout proche / Et difficile à saisir, le dieu ! / Mais aux lieux du péril croît / Aussi ce qui sauve…*

Julia frappe à la vitre.

— Roule, dis-je à Euler, vite !

Je reçois une alerte sur mon téléphone. Des hackers ont lancé une attaque pour détourner l'avion du P-DG de Sony. Le coup a été parfaitement réalisé. Ça me détend de savoir qu'il y a encore des jeunes qui s'amusent.

— Euler, tu vois la voiture noire, trois rangs derrière ?

— Oui-da.

— Ce sont des agents du FBI.

— Le problème avec les flics, c'est qu'ils n'ont pas lu *Tête d'or*. Tout le monde, putain, devrait avoir lu *Tête d'or*. *It's a fuck'n masterpiece, you know*… Quant aux gens de la Vallée, les gens comme Paul et toi, les ingénieurs, Larry Page et toute la bande, ils devraient lire Gustave Thibon : *Vous serez comme des dieux* ; surtout ceux qui ne croient pas au néant et qui voudraient vaincre la mort. Il faut lire ces livres ou bien la vie s'écroulera, *you know*…

Plutôt que d'écouter Euler discourir comme d'habitude, je reste concentré sur les flics.

— Ils me soupçonnent d'avoir tiré sur Paul.

— C'est qu'ils ne vous connaissent pas, monsieur Valéry.

— Crois-tu que tu pourrais les semer ?

— Disparaître, de nos jours, est loin d'être évident. L'Apocalypse procède d'un désordre symbolique. L'esprit cherche à s'accroître, *you know*…

— Je paierai.

— Alors oui, s'exclame Euler, puisque l'argent est un masque !

Euler accélère étrangement. La voiture perd ses qualités physiques pour gagner des qualités informationnelles – électron bondissant d'une rue à l'autre. Accrochée à son gyrophare, la police essaie de prendre les virages que nous désavouons. Les signaux la freinent alors qu'ils nous propulsent. Transfert d'états : du signifié vers le signifiant et jusqu'à la trace quantique, d'un étant partiel à l'être absolu… Nous n'arrêtons plus de nous réassembler ailleurs, plus loin, autre part, sur un nouveau plan euclidien, tandis que la voiture de police résiste à son conducteur et sa conduction. Comme d'habitude, Euler parle à tort et à travers : « *Si je sors l'impossible salut du magasin des accessoires…* »

Lorsque la voiture ralentit et redevient une voiture, je vomis par la fenêtre.

— Nous les avons semés !

— Nous les avons effacés, corrige Euler.

J'envoie un message crypté à Diego pour confirmer que je serai à l'heure.

— Au port d'Oakland, dis-je à Euler.

— *Les formes élancées des navires*, répond-il, *au gréement compliqué, auxquels la houle imprime des oscillations harmonieuses…*

» Baudelaire *was a sad fuck'n cat, you know…*

Les ports n'ont rien à voir avec les aéroports, les hôpitaux ou Internet. Les ports sont des fantômes. Tissés de ferraille et d'algues, leurs grues servent d'ailes, les amarres de chaînes, les quais de hurlements à leurs anges déchus. Éraillés, déserts sans feux et sans échos, immenses baleines d'acier, ils sont la matérialisation réussie du sentiment de nostalgie. Pénélope est crevée, Ulysse ne viendra pas… Personne n'attendra désormais l'arrivée d'un bateau comme on attend le train ou l'avion à bord duquel un être aimé a embarqué. Les bateaux transportent des marchandises conditionnées par des marins professionnels ; ils n'ont plus à leur bord de lettres, plus de foulards aux palissades. Ils sont communs et inintéressants, comme tout ce qui se déplace lentement : les chevaux, les nuages, les enfants. Points nodaux des siècles passés, parcourus jadis par des millions d'immigrés dont les regards cherchaient à boire un ciel inhabité. Autrefois routeurs du monde : colonies grecques, comptoirs anglais, rades portugaises, darses égyptiennes, embarcadères chinois, golfes africains. On y parlait plusieurs langues, on y dansait, on y faisait fortune et y priait plusieurs dieux en saluant plusieurs drapeaux. C'était là, aussi : le stupre, la violence. Terminaux d'un réseau faramineux, les ports ravitaillaient des bateaux qui filaient comme aujourd'hui les informations, menacés comme elles par des pirates folkloriques. À présent, ils sont déshumanisés. Les marins philippins payés au noir n'ont pas le droit de descendre à terre. De toute façon, que feraient-ils, à terre ? Il n'y a plus de bordels, plus d'écrivains, plus d'églises ; il est interdit de fumer ; de la mousse verte dévore les traverses où nos ancêtres crucifiaient d'énormes requins. On a automatisé les processus de chargement et de déchargement. Les milliers de containers ne nécessitent pas plus de trois employés. Le Verbe a chaviré sous les yeux horribles des pontons.

J'ai acheté un container dans le port d'Oakland. J'y ai fait installer un digicode et m'en suis servi pour entreposer mes vieux ordinateurs. Je ne peux pas jeter ou vendre une machine m'ayant appartenu. Je n'avais plus de place à Redwood, et Liz n'a pas accepté que j'entrepose « ces vieilleries », comme elle dit, chez nous. Les ordinateurs hors d'usage et le port industriel avaient tout pour s'entendre : débranchés ensemble, ils existent pour toujours.

Tout de suite à gauche dans le container, j'ai empilé les Minitel : ramassis d'écrans, claviers intégrés, Alcatel, Matra, cathodes PTT, pixellisation à 80 colonnes, porteuses aigres, Sillage 1000 VR, sonneries pathétiques, affichages progressifs, touches usées – vertes, jaunes, la barre d'espace creusée ; ô mes oiseaux gris ! ô mes délires d'enfant ! À droite : les disquettes, CD-Rom, Mini-Discs, clés USB 256 Ko, graveurs, lecteurs MP3 gros comme un bras, reliquats mémoriels, transfuges suintants. Privées de courant, les cartes perforées, cartes mères, cartes graphiques, s'exténuent comme de vieilles moires camées. J'ai thésaurisé les Macintosh et les Apple. Même si j'appréciais Steve Jobs – qui était un plagiaire et un inculte fasciste –, j'ai toujours détesté son entreprise et ses produits, son entreprise parce qu'elle verrouille le cadre d'action où les développeurs se déplacent, ses produits parce que leur facilité de prise en main abrutit l'utilisateur. J'ai quand même acheté tout ce qu'a fait Apple depuis le retour de Steve aux affaires en 1997. J'ai acquis ces machines car elles étaient les plus performantes du marché. Je voulais savoir ce qu'il y avait à l'intérieur. Rétro-ingénierie… J'ouvrais la batterie, les puces, je découpais les circuits pour chercher le gramme de LSD et pour voir si je n'y trouverais pas l'appel au secours d'un ouvrier chinois prisonnier des geôles de l'entreprise Foxconn. Les Apple ont cela de terrible qu'ils se démontent mais ne se remontent pas : soit vous comprenez comment ils fonctionnent, soit vous les utilisez. Maintenant que Steve est mort, ses pommes pourrissent dans mon container. Trois iMac rose, vert et bleu ressemblent à des jouets cassés. Il y a également mes iPod (shuffle, mini, nano, touch, classic), mes iPad (1, 2, 3), mes Mac Book, Mini, Pro et Thunderbolt. Juste à côté gisent mes unités centrales, IBM, Dell, Toshiba, Sony, des écrans Samsung de toutes les tailles, des baffles, des casques audio, ventilateurs Noctua, processeurs, modems 56K, barrettes de mémoire vive, serveurs, routeurs bleus, noirs ou blancs, disques durs internes et externes, souris, consoles de jeux (Neo-Geo, Master System II, Super NES, Game Boy, Mega Drive, Nintendo 64, Saturn, PlayStation, Xbox, GameCube, Wii), plastique cassé, métal fondu, écrans fissurés, flaques bizarres. Les milliers de câbles forment un nœud inorganique, serpents sans tête, morts sans pourrir. Le container est rempli de machines silencieuses comme la fièvre. Dans un coin, à l'abri, se trouve la calculatrice avec laquelle j'ai réalisé mes premiers programmes. Un portrait de Charles Babbage trône au-dessus de cet empire qui n'a pas trente ans et qui est pourtant déjà éteint et oublié. Moi je n'ai pas oublié, je m'y ressource comme au secret d'une église. Les ordinateurs me rappellent que je ne suis rien et que je n'ai aucune chance d'être mieux que rien. Le container est ma téléologie.

Euler me dépose à l'entrée du port. J'utilise mon téléphone pour lui faire un virement de dix mille dollars.

— À ce prix, je sème qui vous voulez quand vous voulez.

— Au revoir, Euler.

Sa voiture fonce vers l'océan. J'attends de ne plus l'entendre pour me rendre à mon container où je retrouve Diego dont les tatouages, dans la nuit, ont l'air de bouger.

Je me dis qu'il a été impressionné par ma collection d'ordinateurs.

— Le gars est-il dedans ?

— Oui.

— Tu l'as ligoté ? A-t-il peur ?

Silence.

— A-t-il parlé ?

— Je vous attendais pour l'interroger.

Je demande fièrement :

— Qu'as-tu pensé de ma collection ?

Diego ne répond pas, préoccupé par autre chose : sûrement Paul, l'assassinat, le type dans le container, la destruction du réseau. Il pense à ce qui est important et triste. Contrairement à moi, il ne sait pas penser à la fois à des choses graves et à des choses divertissantes. Il n'est pas shakespearien ; son navigateur interne ne parvient pas à ouvrir plusieurs fenêtres… Pour finir, Diego n'est peut-être pas un si bon programmeur. Je décide de remettre à plus tard le moment où je lui annoncerai que je suis le nouveau chef de l'opération Pandora. Lui aussi, pour le moment, me méprise, comme Julia et tant d'autres. Mais il devra m'obéir et détruire, sous mon commandement, le réseau. Diego, l'Apache tatoué, m'admirera comme on admire un chef qui ne paie pas ses hommes. Il m'admirera comme il admire celui dont j'aurai pris la place.

Au milieu des montagnes d'ordinateurs, ligoté à une unité centrale *Cooler Master Enforcer*, un gros bonhomme frétille en pleurant. Tout, chez lui, est américain : le regard vide du Nouveau Monde. Je reconnais la silhouette qui a tiré sur Paul, le triple menton et les mains comme deux pots de mayonnaise – Ignatius Reilly sans Boèce de Dacie. Je sens en moi une violence frénétique : je veux détruire le bonhomme, lui faire mal, venger Paul et me venger. Il porte un maillot de bain maculé de traces de cambouis, des chaussettes blanches, des baskets noires et une gourmette en cuivre où il est écrit « John » en lettres gothiques. Pour l'attacher, Diego a utilisé des câbles d'alimentation Uniplug et HDMI. Pour les poignets, un chargeur allume-cigare et un hub USB à micro-connecteur. Le portrait de Charles Babbage observe la scène pendant que, sous une ampoule crayeuse, le bonhomme se liquéfie.

Lorsqu'il nous entend, il bredouille.

— Je vous dirai tout ce que vous voulez. Je vous dirai…

Je l'interromps.

— Silence !

— Je vais parler. Je veux parler…

— Silence je te dis !

Je revois dans un flash Paul tomber près de moi et ses doigts glisser pathétiquement sur les gravillons. L'assassin ligoté à mes ordinateurs est à ma merci, pareil aux jouets en plastique qu'on m'autorisait à casser dans les écoles Montessori.

— Ne me dénoncez pas à la police, continue-t-il. Ne me faites pas de mal !

— Si tu parles, je te tue.

— Oh, *my lord*, pitié…

— Ta gueule je te dis !

— Je vais vous dire ce que je sais.

— *Shut the fuck up or I'll kill you ! You hear me ?*

L'instinct me brûle comme une corde au bout des doigts d'un condamné. Je ramasse une carte graphique *Sapphire Radéon* et je pique la chair flasque du bras.

— Aïe ! hurle le bonhomme comme une fillette. Pitié !

— Ta gueule !

Je demande à Diego :

— Es-tu sûr que c'est lui ?

— Certain.

Je me retourne vers le gros John.

— Je vais t'expliquer ce qu'il va se passer, espèce de sac à merde. Si tu veux survivre, tu vas devoir te taire. Ne pas émettre le moindre bruit, pas un râle, aucun soupir… Tu parles, tu cries, tu souffles, ce sera pire. Okay ?

— Oui, monsieur, tout ce que vous voudrez.

— Première erreur !

Je plante un coin de la carte dans sa fesse droite où j'appuie le plus fort possible, puis je tourne la carte sur elle-même et constate, ravi, qu'il y a une goutte de sang sur les ventilateurs de la Radéon.

— Tu vas la boucler !

Il a compris. Il ne dit rien. J'attrape une barrette de RAM *Corsair Vengeance* dont j'enfonce d'un coup sec les 240 broches dans le mollet. Je sens la graisse se déchirer, les successions de peau se fendre, les capillaires éclater. Le réseau anatomique réagit à l'intrusion venue perturber son équilibre obèse et limité.

— Tu penses pouvoir résister, hein ? Tu penses être capable de silence. En es-tu capable ?

— Pitié ! hurle-t-il.

— Tais-toi ou je te tuerai !

Je tire sur la barrette pour arracher un morceau de chair. Avec ma main libre, je m'empresse d'enfoncer le doigt dans la plaie.

— Je vous en supplie !

— Ton autre mollet !

Diego a reculé dans l'ombre. Assurément, il me prend pour un fou. S'il n'a pas tort, peu importe. La folie est une norme arbitraire. J'imagine que je suis l'âme de ces ordinateurs éteints : le système d'exploitation de la mort. Quand Internet n'existera plus, les ordinateurs ne serviront à rien d'autre qu'à effectuer des séries de calculs individuels et prosaïques. Fous eux aussi. Diego, qu'il le veuille ou non, devra se taire et m'obéir. Je suis son chef, celui qui ouvre et referme la jarre de Pandore. Paul est cloîtré à l'hôpital. Tant pis pour lui.

— Internet, aimes-tu Internet ?

— Oui, répond le gros en pleurnichant.

— Je t'ai dit de te taire !

— …

— Aimes-tu Internet ?

— …

— Dis quelque chose, ou je t'enfonce cette clé USB dans le trou du cul !

— Oui, monsieur, j'aime Internet.

— Il a parlé, il a parlé !

Je lui mets son slip sur les chevilles et découvre son sexe apeuré comme un escargot entre les griffes d'un chat. Je passe derrière cette triste réplique de Jabba le Hutt, et lui raye le dos avec une carte *Asus ROG*. La carte s'engouffre jusqu'à la couche de viande qui retient les organes en empêchant le corps de s'ouvrir comme une méduse. Le sang coule timidement. Je ne veux pas le tuer, car alors aucune information n'arriverait plus à son cerveau. Lui faire peur. Le faire taire. Et que le monde entier se taise avec lui. Pirater ses fonctions cérébrales.

Le sang de John est plus clair que le sang de Paul. On dirait qu'il n'est pas réel. Rien n'est réel. Je mets une nouvelle fois mon doigt dans la plaie et, à la place de Dieu, j'y trouve une couenne purulente.

Non, rien n'est réel.

Ça a presque duré deux heures. Ingéniosité exponentielle : pour la torture je suis aussi doué que Ramsay Bolton dans *Game of Thrones*.

Le corps est un réseau de communication ; on envoie des messages à des nerfs qui les envoient vers la colonne qui les envoie vers le cerveau. La souffrance est un procédé analogique. Le gros voulait se taire, contrarier les flux, mais, impuissant, finissait chaque fois par pousser un cri immonde, vomir en hurlant, pleurer en se mouchant.

Tout me lasse. Zappeur, je ne sais pas persévérer. Rien n'est fascinant, *tout m'a fasciné*... Quand le jeu ne m'amuse plus, je constate le résultat. Diego est sorti du container. À mes pieds : cartes à puce, câbles, disques durs couverts de merde, de morve et de sang. Le gros John n'a rien de grave, je ne l'ai blessé qu'en surface : le dos, les mollets, les lèvres, la langue, les testicules, l'anus et la plante des pieds. Il pince ses lèvres de toutes ses forces, entièrement concentré sur la mâchoire. Son nez bourdonne comme une usine. D'énormes bulles éclatent sous les naseaux.

— Maintenant, tu peux parler. Qui t'a ordonné de tuer Paul Mercier ?

Sans doute croit-il qu'il s'agit d'un nouveau piège et qu'aussitôt qu'il aura ouvert la bouche je lui planterai un processeur entre l'ongle et le doigt.

— Tu m'ennuies…

Il me regarde comme un animal qui vient de prendre une raclée. Désorienté, terrifié à l'idée que je pourrais recommencer et en même temps plein d'espoir depuis que je lui ai dit que le jeu s'arrêtait. Est-ce vrai ? Rentrera-t-il chez lui ? Rien n'est vrai.

— Parle et je te laisserai partir.

Sa bouche s'ouvre, ses dents rouges de sang, sa langue de bœuf.

— Parle ou je te crève les yeux.

— C'est un homme, bégaye-t-il, un homme m'a payé et m'a fourni l'arme. Je ne sais rien d'autre, monsieur. Je ne connais pas son nom, je ne sais pas pourquoi…

Il se contracte, prêt à recevoir un coup que je ne donnerai pas.

— As-tu vu son visage ?

— Très vite, un peu.

— Qui est-ce ?

— Je ne sais pas.

— À quoi ressemble-t-il ?

— Je ne sais pas.

— Brun ? blond ?

— Il portait un bonnet.

— Veux-tu mourir ?

— Je vous jure, monsieur…

— À quoi ressemble-t-il ?

— Taille normale, visage normal.

— Je vais te tuer.

— Pitié, renifle le gros John.

— Comment t'a-t-il contacté ?

— Il a sonné chez moi et m'a donné dix mille dollars tout de suite, puis dix mille après. Je ne sais même pas qui lui a donné mon adresse.

— Où est cet argent ?

— Chez moi dans une boîte en carton. Je vous le donnerai si vous voulez.

— Tu peux le garder.

— Merci…

— Ne me remercie pas ou je t'ampute !

La terreur revient dans les yeux qu'elle avait quittés.

— Tu es sûr que tu m'as tout dit ?

— Oui, répond-il en pleurant, oh oui, monsieur, je vous jure. Je ne sais rien d'autre. L'homme est venu chez moi, il a sonné, nous avons pris ma voiture, il m'a donné une arme et m'a fait arrêter près de chez Buck's. Il n'y avait qu'une seule cible, il me l'a répété plusieurs fois : « Le plus grand des deux, seulement le plus grand des deux. » Puis je l'ai rejoint et nous sommes partis. J'ai garé la voiture devant chez moi, il m'a donné l'argent et a disparu dans la nuit.

— Pourquoi crois-tu qu'il n'a pas tiré lui-même ? Pourquoi avait-il besoin de toi ?

Le gros John cherche dans ses pensées.

— L'arme, ça le dégoûtait… Je crois qu'il n'avait jamais tenu une arme dans ses mains.

— C'était un Européen ?

John se met à renifler.

— Pitié, monsieur, je ne connais pas les Européens…

Je sors mon téléphone et cherche sur Internet une photo de Larry Page.

— Non, monsieur, ce n'est pas lui. Enfin, je ne sais pas. Il faisait nuit. Il portait un bonnet.

Je pense à tous les suspects possibles, les connards avides et les monstres d'argent, sémillants comme des fiancés, compacts comme des tombes. Je montre au gros lard des dizaines de portraits sur mon téléphone, mais chaque fois il oscille la tête pour dire non sans parler.

Finalement, je montre une photo de l'agent Malone.

— Non monsieur, ce n'est pas lui.

— Okay, dis-je après avoir fait défiler cinquante portraits supplémentaires, alors voilà ce que je te propose. Je te libère ce soir, tu cours chez toi, tu te laves le cul et les dents et tu ne dis jamais rien à propos de ce container et de ce qui vient de se passer ou je te balance à la police pour homicide volontaire. Si je t'envoie des photos par téléphone, tu me réponds dans la seconde, oui, non, c'est lui, ce n'est pas lui. T'as compris ?

John hoche la tête comme un demeuré. Je vois dans ses yeux une lumière, presque de la reconnaissance. Je ne suis plus celui qui le fait souffrir mais celui qui s'apprête à le libérer – méchant puis miséricordieux : divin.

— File, andouille !

Je l'entends courir entre les containers – peur, liberté. Le gros John court vers sa maigre existence.

Diego m'attend près de sa voiture. En me voyant, il ne dit rien. Les tatouages scintillent sur sa gueule cassée.

J'annonce fièrement :

— Je reprends l'opération Pandora. Demain, Diego, nous détruirons Internet !

Il y a trois ans, Paul m'a demandé de l'aider à créer une interface destinée aux non-programmeurs qui se serait nommée *Literacy* et grâce à laquelle n'importe quel être humain de plus de trois ans aurait pu créer des logiciels. Il aurait suffi de cliquer sur des commandes intuitives et d'ajuster des cases dans les ramures d'un arbre de décision. Même Julia aurait pu programmer. Incapable de créer cette interface lui-même, Paul comptait sur ma participation.

— Nous allons faire comme Stakato, se réjouissait-il, mais pour la programmation. Tout le monde pourra éditer du code sans avoir à coder, facilement, gratuitement. N'est-ce pas génial, Robin ? N'est-ce pas révolutionnaire ?

L'informatique est régie par une politique douce mais puissante, qui consiste à conduire les conduites des utilisateurs sans leur révéler qu'il y a derrière leur dos un gouvernant et un gouvernement, leur faire croire qu'ils sont libres en veillant à ce que la clôture soit invisible et haute : la liberté du tournebroche. Nous décidons ce qu'ils ont le droit de faire, comment, quand, où, dans quelle direction et à quel point.

Paul voulait partager notre pouvoir avec le profane. Literacy aurait été le premier programme de création de logiciel simple, complet, gratuit et ouvert. Il aurait banalisé l'acte de coder et ouvert les arcanes d'Internet aux incompétents. Je compris tout de suite que l'idée venait de Julia.

— Nous leur donnerons le pouvoir de parler ! s'exclamait Paul en sachant que personne ne réussirait à créer un tel logiciel à part moi.

J'ai refusé de développer Literacy. Devenir programmeur, je veux dire un vrai programmeur, dans un monde où tout est facile grâce à nous, cela doit être *difficile*. Nous gouvernons par le langage et en silence depuis cette fosse obscure où nous avons eu le courage d'avancer. Comme Adam depuis son trône de verdure, nous avons nommé les choses et inventé la grammaire, la syntaxe, l'opérabilité. Nous avons construit le monde sur lequel nous régnons. Le code est un espace et un temps ; c'est un plasma sémiotique. Vous êtes à l'intérieur des mots. Ici, je suis législateur, juge et police. Le code, c'est la loi. Réunion des pouvoirs : volonté, *logos*, *phusis*. Le codeur, c'est moi.

— Je ne veux pas croiser de mortels sur l'Olympe, ai-je répondu.

— Je le savais, a dit Paul en français. Pour créer Chatroulette, tu y vas, ça oui, mais quand je te parle d'un projet qui changera vraiment les choses, tu es aux abonnés absents.

— En ce moment je n'ai pas le temps.

— Dis plutôt que tu ne veux pas que les débutants puissent coder.

— Je te dis que je n'ai pas le temps.

— Un monde où beaucoup d'individus sont obligés d'en écouter quelques-uns, toujours les mêmes, sans pouvoir critiquer ou répondre, c'est un monde fasciste.

— Et alors ?

— Voilà ce que tu es Robin : un fasciste, tu es un fasciste !

Paul a quitté Redwood en claquant la porte. Nous n'avons plus parlé de Literacy et à ma connaissance le projet a été abandonné. C'est à peu près à cette époque que Julia et Paul se sont mis à fomenter l'opération Pandora. Ils avaient décidé d'ôter pour de bon leur pouvoir aux gens comme moi.

Quelques jours plus tard, j'ai acheté une chemise à fleurs en me disant qu'un fasciste ne porterait en aucun cas une chemise comme celle-là.

Diego me reconduit à Redwood. Nous n'échangeons pas un mot. J'ai décidé de remettre à après-demain notre enquête, le temps presse. Je dois observer les données inscrites sur la clé USB pour être prêt à orchestrer la destruction du réseau. Ensuite, je m'occuperai du meurtrier. Une chose à la fois.

J'observe les bras tatoués du chicano pendant qu'il conduit. Que veulent dire ces hiéroglyphes ? Monstres aquatiques mi-dragons mi-loutres, dont les langues s'entremêlent à d'énormes veines, labyrinthes aztèques, chaudrons irlandais, tornades, cœurs sacrés, ronces, signes archaïques cerclés de barbelés, cosmos païen dont les figures s'agitent. Diego ressemble à un mage tellurique, à la fois message et messager, sans mère, modelé par le feu dans l'estomac de la terre, force brute : fer, bois, braises. Il pourrait d'un coup de poing m'arracher trois fois la tête. Son corps *veut dire* quelque chose. Diego est matériel. À une époque où le corps se ramollit devant la machine, et où c'est la machine qui veut dire et qui dit, Diego est un anachronisme, forgé par le béton et les cordes, la banlieue, le grincement des trottoirs.

Il conduit dans l'enfer propre de la baie de San Francisco. Je lui demande de me déposer à deux blocs de chez moi ; la police sera sûrement devant ma maison de Redwood et je ne souhaite pas qu'on m'y voie en compagnie d'un tatoué qui a fait de la prison.

— À demain, dis-je en espérant un retour.

Sans me saluer, Diego attend que je ferme la portière et accélère.

Comme prévu, Malone est sur le perron. En m'approchant je constate que la porte d'entrée est ouverte.

— Vous entrez chez les gens par effraction, agent Malone ?

— On vous a cambriolé…

Il me faut quelques secondes pour m'en remettre. J'espère qu'ils n'ont pas volé ma statuette de Donald déguisé en Freud.

— J'imagine que vous en avez profité pour entrer ?

— Je n'ai pas de mandat, répond l'agent.

— Vous auriez fait un piètre codeur.

— Que cherchaient les cambrioleurs à votre avis ?

— Du matériel, de l'argent, tout ce qui a de la valeur… je viendrai déposer plainte, je vous dirai ce qu'ils ont volé.

— Je peux recevoir votre plainte maintenant, dit Malone, nous constaterons l'effraction ensemble.

La manœuvre est habile.

— Pas question.

— Pourquoi ? demande l'agent.

— Il est minuit passé.

— Je croyais que vous viviez la nuit.

— Très drôle…

— Vous n'avez pas l'air inquiet. J'en déduis que les cambrioleurs n'ont pas trouvé ce qu'ils cherchaient.

— Puis-je savoir ce que les cambrioleurs, selon vous, cherchaient ?

— Les instructions données par Mercier : un disque dur, une clé USB.

— Pensez-vous vraiment que Mercier aurait pu me donner une clé USB assez petite pour que personne ne la trouve mais assez grande pour abriter les données et les programmes nécessaires à la destruction d'Internet ?

— J'ai mes raisons d'être paranoïaque, répond Malone, vous avez semé une voiture de police.

— J'avais besoin d'être seul. Comment saviez-vous que je viendrais ici ?

— C'est chez vous, non ?

— C'est mon bureau.

— Qu'allez-vous faire au bureau à cette heure ?

— Comme chaque fois : dormir.

— Ça vous amuse, embraye Malone, de semer les fédéraux ?

— Je n'aime pas être suivi et je n'aime pas non plus être observé, je suis opposé au Patriot Act et à la loi sur le renseignement !

— Allons bon...

Je remarque que Malone s'est encore changé : veste à carreaux, chemise blanche, pochette discrète, pantalon à pinces, chaussures Richelieu parfaitement cirées, bouts droits, frises dentelées.

Une voiture de police est garée quelques mètres plus loin, à l'intérieur de laquelle deux subalternes nous observent sans broncher.

— Il ne fallait pas vous déranger, dis-je après un moment. Je n'ai rien de précieux : une statuette de Donald déguisé en Freud, une affiche de Megan Fox dédicacée par Megan Fox, des fauteuils confortables mais moches, des ordinateurs que je peux racheter demain, une imprimante, beaucoup de DVD, moins de livres.

— Je suis venu parce que je ne veux pas que vous fassiez de bêtise, ajoute Malone.

— Si vous croyez que je vais me suicider…

L'agent devient presque mielleux.

— Monsieur Valéry, s'il vous plaît. Réfléchissez. Je ne veux pas que vous vous lanciez dans une attaque terroriste à l'échelle mondiale visant à la destruction du réseau Internet. Je suis le seul policier de Californie à savoir ce que vous préparez. L'ensemble de la profession se moque de moi, mais peu importe. Votre projet, qui est d'abord je crois le projet de Paul Mercier et de Julia Anders, peut faire beaucoup de dégâts. Nécessairement, il faudra dynamiter les serveurs. Il peut y avoir des affrontements et il y aura des pertes. Des innocents seront tués. Je ne peux pas raisonner Mercier, qui me prend pour un idiot, cela ne servirait à rien d'essayer de convaincre Anders, car elle n'a pas les compétences requises pour agir seule, et je ne peux pas prévenir mes collègues, qui me prennent pour un fou, mais j'espère que vous, monsieur Valéry, vous m'entendrez.

Sans doute Malone pense-t-il que cette honnêteté me touchera et que j'entendrai ce que Paul n'a de toute évidence pas voulu écouter.

— Ne vous en faites pas, dis-je en grimaçant, personne ne détruira Internet.

Il ne semble pas soulagé. Lui non plus ne me fait pas confiance. Paul, Julia et Diego ne croient pas que je pourrai détruire Internet tandis que Malone ne croit pas que je pourrai ne pas détruire Internet. Finalement, personne ne croit en moi. Je ne laisse pas d'impressions concrètes à ceux qui me rencontrent mais un sentiment d'incrédulité.

— Le cambriolage n'a sûrement rien à voir avec les événements de Woodside, dis-je. Les surfeurs disent que les vagues arrivent par séries.

— Cela fait beaucoup de coïncidences, répond Malone, les yeux dans le vide, dégoûté de la même façon que Paul est dégoûté lorsqu'il me demande un service sans croire que je le lui rendrai.

— On cambriole des villas tous les jours dans le quartier.

— Sans doute, mais comme par hasard, aujourd'hui, on a cambriolé votre maison et celle de Mercier.

— On a cambriolé Paul ? ne puis-je manquer de m'étonner.

— Oui.

— Qu'ont-ils volé ?

— Rien, et je crois qu'ils n'ont rien volé chez vous non plus.

— Ah vous croyez ?

— Vous êtes trop malin pour y avoir laissé quoi que ce soit de précieux. Votre trésor est dans les nuages, dématérialisé à l'abri d'une herse de lignes de code. Je me trompe ?

— Mon trésor s'appelle Arthur et il veut un voilier pour Noël, il n'y a rien de plus matériel.

— Monsieur Valéry, dit Malone désespéré, ne détruisez pas Internet.

— Ma parole, mais c'est une obsession ! Vous êtes complètement cinglé !

Malone sort un paquet de cigarettes. Ce sont des Muratti Ambassador aux filtres blancs. Il en allume une avec un briquet S.T. Dupont en acier brossé.

— Vous avez repris ?

— Je ne me suis pas arrêté.

Les soupçons de Malone sont plus solides que des certitudes. Il a raison, il le sait. Demain, lorsque j'aurai détruit Internet en prenant la tête d'une armée de dix mille hommes, il ne pourra s'empêcher de dire à ses collègues : « Je vous avais prévenus. Je le savais ! » Il éprouvera alors le même sentiment d'incompétence que celui que ressentent tous les jours les personnes chargées de surveiller les marchés financiers. À notre époque, les policiers savent qui sont les criminels et quels crimes ils commettent, mais pour une raison qui a trait à la forme, et non au fond, ils sont incapables de les incriminer. On ne se sent jamais aussi inefficace que lorsqu'on est à deux doigts d'être efficace, me dis-je en voyant le dandy tirer nerveusement sur sa cigarette.

— Pouvez-vous me parler d'Aaron Swartz ? demande Malone en continuant à m'empêcher de rentrer chez moi.

— Pourquoi ?

— « Tout a commencé avec la mort d'Aaron », m'a dit Mercier tout à l'heure après s'être réveillé.

— Que vous a-t-il dit ensuite ?

— Il n'a pas voulu commenter.

— Que voulez-vous savoir ?

— Je sais qui est Aaron Swartz, reprend l'agent, mais je voudrais savoir qui il est d'après vous.

— *The Internet's own boy*...

Je revois en pensée le visage de ce génie précoce dont Paul était l'ami et dont il m'est arrivé, pour cette raison, d'être jaloux.

— C'est-à-dire ?

— Aaron Swartz était un enfant prodige, pourfendeur du *Stop Online Piracy Act*, créateur du format RSS à quatorze ans et de la licence *Creative Commons* avec

Lawrence Lessig, puis de *Reddit* et, quelques années plus tard, du *DemandProgress.org/*. Il est aussi connu pour avoir ouvert le PACER.

— La base de données juridiques ?

— Comme vous le savez, le PACER est une interface permettant théoriquement à n'importe quel internaute de consulter toutes les lois et les décisions de justice. Mais l'accès à l'interface était payant, ce qui constituait aux yeux d'Aaron une aberration. « Nul n'est censé ignorer la loi, disait-il, seulement il faut payer pour la connaître. »

— Qu'a-t-il fait ?

— Aaron a téléchargé les documents et les a mis en ligne. En redirigeant le droit vers ceux à qui il s'adressait, il a libéré la liberté.

— Quand Mercier a dit que tout avait commencé avec la mort d'Aaron, que voulait-il dire ?

— Lorsque nous sommes arrivés à Stanford en 2004, les professeurs et les étudiants avaient tous sur les lèvres le nom de ce génie de seize ans qui avait créé la licence *Creative Commons* et venait de déserter le campus.

— Si Aaron a quitté Stanford lorsque vous y êtes arrivés, comment Mercier l'a-t-il connu ?

— Je crois que c'est Julia qui le lui a présenté. Aaron était un modèle à ses yeux : un « hacktiviste », comme on dit, un codeur militant.

— Aaron est dans le *panthéon* de Mercier, conclut Malone, vraisemblablement heureux d'avoir prononcé le mot « panthéon ».

— Aaron fut le héros de beaucoup de monde.

— Comment est-il mort ?

— On lui reprochait de s'être introduit dans les locaux du MIT par les conduits de ventilation puis d'avoir dérobé l'ensemble de la connaissance scientifique sur les serveurs de la plate-forme JSTOR. « La vérité n'appartient ni à ses auteurs ni à ses éditeurs ni à ses libraires, disait Aaron, elle appartient à tous. » Robin des Bois du savoir, il volait aux savants pour donner aux curieux.

— Que s'est-il passé ?

— JSTOR et le MIT ont traîné Aaron en justice en brandissant le *Computer Fraud and Abuse Act,* une loi votée dix ans avant le déploiement des réseaux numériques, aussi vieille qu'Aaron...

— Et après, que s'est-il passé ?

— La plate-forme JSTOR, sous la pression médiatique, a retiré sa plainte, mais le MIT, temple de la connaissance, a maintenu les poursuites.

— Je ne comprends pas comment Aaron est mort. Lui a-t-on tiré une balle dans le dos ?

— Il s'est suicidé par pendaison à l'âge de vingt-six ans.

— Pourquoi ?

— La pression exercée par l'appareil judiciaire était trop forte.

Silence.

— Le MIT est-il coupable, selon vous ? demande l'agent.

— De s'être lavé les mains, oui. Au bout de la corde, il y avait la défaite totale du projet auquel le MIT doit son existence.

— Quel projet ?

— Celui d'améliorer la vie, dis-je sans hésiter.

Malone relance :

— Mercier souhaite-t-il venger Aaron ?

— S'il avait voulu venger Aaron, il s'en serait pris au MIT directement ou au bureau du procureur.

— Il n'a donc pas eu envie de venger Aaron ?
— Demandez-le-lui.
— Je lui ai demandé.
— Et qu'a-t-il dit ?
— Qu'Aaron se vengerait.

Malone laisse ses sbires devant chez moi, en planque dans leur voiture.

La maison a été dévastée par le cambriolage : feuilles éparses, l'imprimante cassée, les tiroirs vidés, l'abat-jour déchiré, les coussins crevés. Les voleurs ont cherché partout. Concrètement, ils m'ont *hacké*. S'ils savent que je suis en possession de la clé, je suis en danger ; les agents du FBI ont intérêt à rester. Malone, en me surveillant, me protégera.

Les cambrioleurs n'ont pas eu de mal à crocheter la serrure que j'ai fait installer sur la porte d'entrée. Ils n'ont pas eu de mal non plus à allumer mes ordinateurs. Et pourtant ils n'ont rien trouvé, volé, effacé. Rien d'important en tout cas. La vraie protection, c'est une barrière ouverte. Je ne protège rien *évidemment*, cependant tout est protégé. Mes lingots d'or et mes tableaux sont dans le double-fond du double-fond du double-fond du plafond de la cuisine, invisibles et indétectables précisément parce que je ne les ai pas protégés avec une porte blindée. En revanche, des portes blindées, j'en ai fait mettre dans chaque commode, derrière chaque affiche, dans les placards. Les cambrioleurs peuvent ainsi passer des heures à lutter contre des coffres-forts vides. Le temps est le meilleur des chiens de garde. Je procède de la même façon avec mon ordinateur : il n'y a besoin d'aucun mot de passe pour l'allumer, mais on tombe ensuite sur un dédale de fichiers cachés, de faux dossiers, de *firewalls*. De quoi rendre malade le plus pourvu des informaticiens. Chaque fois qu'on réussit à casser un niveau de sécurité, on croit que c'est le dernier mais on ne trouve rien. Ça prend du temps, beaucoup. On n'arrive jamais à ce que l'on cherche.

À Redwood, j'ai l'habitude d'être chez moi comme dans le ventre maternel. Les odeurs sont mes odeurs, la chaleur ma chaleur – désordres poétiques : mon, ma, mes. L'idée des cambrioleurs, leurs doigts sur les murs, les touches de mes claviers, leurs pieds sur le sol, m'écœure. L'odeur n'est plus mon odeur. Il y a du musc, des courants d'air, d'autres fluctuations. La cuisine dont je ne me sers presque jamais est sens dessus dessous – la batterie de casseroles éparpillée, les assiettes brisées, les verres, le Dr Pepper, le Seven Up… Comment ont-ils pu croire que je cacherais quelque chose dans une essoreuse à salade ?

L'impression d'avoir été violé.

Je décide de vendre Redwood dès la fin de la semaine, car dans un monde sans Internet, cette maison, qui a toujours été ma porte d'entrée vers le réseau, doit disparaître.

À l'étage, j'ai un ordinateur dont les cinq écrans gisent sur le sol. Apparemment les cambrioleurs n'ont trouvé ni les fiches signalétiques de mes employés, ni les données que je vole à la police depuis Datacop, ni les photos de Laure Manaudou, ni l'algorithme de Stakato. Ça a dû les rendre dingues.

Je marche comme un loup devant l'ordinateur que j'ai remis en place. Bientôt, lui et moi, nous détruirons le réseau. Bientôt nous viderons les nuages.

Téléphone. Liz…

— Quand est-ce que tu rentres ?

— Je suis à Redwood, je dois travailler.

— Travailler ! s'insurge-t-elle. On a tiré sur Paul, tu t'en souviens ?

Je décide de ne pas parler du cambriolage.

— Ne penses-tu pas que tes projets peuvent attendre demain ? ajoute-t-elle.

J'hésite un instant à lui dire que je m'apprête à détruire Internet et que je passerai ensuite mes journées à la maison sans rien faire, disponible, mais elle ne comprendrait pas ; elle me traiterait de bébé en me disant que Julia et Paul m'ont endoctriné ; elle me reprocherait mon manque de volonté.

— Je te rappelle que des centaines d'employés comptent sur moi pour toucher un salaire à la fin du mois.

Elle ne répond rien.

Je regarde autour de moi la maison dévastée. Donald déguisé en Freud fait lui aussi l'état des lieux. Les voleurs ont déchiré un coin de Megan Fox.

J'écarte le rideau de la fenêtre du bureau. Les deux agents du FBI sont toujours là. C'est la cinquième fois que je vérifie depuis que Malone est parti.

Il est temps de voir ce qu'il y a sur cette clé USB. Je détache le patch de silicone de ma cuisse – une excellente idée vraiment – et l'insère dans l'ordinateur.

— Allez, dis-je à haute voix, excité comme un enfant.

Paul a fait du bon travail. Il a chapitré la stratégie. Dès le lancement, demain à midi, chacun des dix mille soldats recevra le message suivant :

Détruire Internet constitue un acte de terrorisme de la plus haute gravité. En y participant, vous deviendrez l'ennemi des États-Unis et de la plupart des pays du monde. Vous serez en danger de mort, traqué où que vous soyez. Vous pouvez encore reculer. Nous ne vous jugerons pas.

Avec ou sans votre participation, ce soir, Internet n'existera plus.

Paul a utilisé tout ce que je lui ai appris, comme si notre amitié n'avait jamais eu d'autre but que la destruction du réseau : la calculatrice, mes conseils, nos discussions. Il a appliqué mes leçons. Son projet, c'est moi. Détruire Internet. Dix mille hommes, putain. Dix mille conscrits sur le pied de guerre. Dans moins de quinze heures, l'humanité sera privée d'Internet.

J'observe la dissémination des réseaux privés pour m'assurer que les échanges informationnels ne laisseront aucune trace exploitable. Puis je passe en revue, chapitre par chapitre, les événements qui surviendront une fois la procédure amorcée.

1 / Bâillonner les puissants

La première étape consiste à pirater les serveurs de l'*Internet Corporation for Assigned Names and Numbers*, de l'*Internet Engineering Task Force*, de l'*Internet Society* et du *W3C*, effacer ce qui s'y trouve, détruire leurs données, leurs capacités.

L'attaque sera également dirigée à l'encontre de Sun, Oracle, Google, Microsoft, Wikipédia, Yahoo et Facebook. Ceux qui ont les moyens de riposter seront ainsi privés des ressources nécessaires. Marissa Mayer, dont je continue à être persuadé qu'elle a ordonné l'assassinat de Paul, aura les genoux brisés.

La plupart des attaques auront lieu selon la technique du *SYN Flood*, consistant à multiplier les demandes de synchronisation adressées à un serveur en s'assurant qu'elles demeurent incomplètes.

Un bataillon de hackers, souvent célèbres, a été recruté. Je remarque que la plupart travaillent pour les organisations visées. Julia et Paul ont des taupes partout ; j'administrerai une vaste trahison.

2/ Supprimer le contenu

Des virus passeront sur les contenus à grande vitesse et les détruiront un à un. Tout ce qui a été écrit, filmé et enregistré, les liens, les balises et les adresses URL disparaîtront en moins de trois heures. Du pur génie. De la pure contagion. Un jeu de circulation par *Content Delivery Networks* offrira une vitesse d'exécution optimale. Les informations détruites ne seront pas sauvegardées.

Les logiciels nécessaires au fonctionnement d'Internet seront détruits sur le même modèle – navigateurs, applications, moteurs, *crawlers* : oubliés, cassés, déchirés, brûlés.

Pour cette étape, nul besoin de pirates chevronnés. Paul a paramétré l'attaque à partir d'un *rootkit* simple mais efficace, brutal, rapide, que j'ai moi-même mis au point il y a dix ans et que j'avais complètement oublié.

Environ trois mille personnes sont sur le coup. Je n'en connais aucune. Professeurs, artisans, ingénieurs…

3 / Brûler les serveurs

Paul a récupéré les codes de mes *forkbombs*, écrites en langage Perl :

```
my $strength = $ARGV[0] + 1;

while (not fork) {
  exit unless -$strength;
  print 0;
  twist: while (fork) {
    exit unless -$strength;
    print 1;
  }
}
goto'twist' if -$strength;
```

Le détonateur est logique : processus dupliqué, saturation des ressources. Par récursivité, on multiplie les lancements de programmes jusqu'à ce que les serveurs chauffent au point de se liquéfier. Ces lignes de code sont mieux que de la poésie : un magma que rien n'arrête, flammes performatives.

Une centaine de hackers chevronnés s'occuperont des *forkbombs* dès qu'ils en auront reçu l'ordre. Je les connais personnellement : roublards, amis de Julian Assange, connectés et concernés, implacables, politiques, *anonymous*. Ils se montreront d'une efficacité à toute épreuve.

Les contenus et la structure seront annihilés : les mots, la grammaire, la culture. Nous renouerons avec la barbarie.

4 / Couper les câbles

On ne peut pas détruire la source d'un signal en utilisant ce seul signal. Tôt ou tard il faut avoir recours à une violence matérielle. Détruire le métal, les câbles, le plastique.

Les soldats ont été équipés de traceurs grâce auxquels ils détecteront les câbles enterrés, et de haches adaptées au polycarbonate. Je me souviens que Paul m'a demandé comment les câbles étaient faits et de quel type de hache il faudrait se munir pour les couper. Je ne pensais pas qu'il achèterait et disséminerait un jour suffisamment de ces haches.

Les soldats sont outillés, informés. Un seul signal suffira à tout déclencher. Les câbles du monde entier seront coupés en moins de trois heures. Les attaques les plus nécessaires ont été confiées à plusieurs équipes, censées agir en plusieurs points du câble, de manière à s'assurer que l'une d'elles au moins y parvienne. Ces attaques – sur lesquelles Paul a triplé et parfois quadruplé les ressources – concernent onze câbles dont chacun porte le nom d'un pays, d'une région ou d'une ville servant de *hub* au réseau :

– Singapour
– Égypte (mer Rouge)
– Égypte (Méditerranée)
– Royaume-Uni
– Tokyo
– Hong Kong
– Floride
– Marseille
– Sicile
– Bombay
– Madras

Je rêve, en lisant ces noms, à des mangues, des cocotiers, des bikinis, des pyramides. Que c'était beau, Internet, et que c'est devenu laid !

5/ Anéantir le DNS

Le *Domain Name System* est un réseau mondial orchestré par treize serveurs. Il traduit les adresses IP en adresses URL. Autrement dit, il fait d'une suite de chiffres un nom, et vice et versa. C'est le cœur adamique : la machine à nommer.

Après avoir violemment vicié les serveurs du DNS par une technique dite de *cache poisoning*, Paul a prévu de les détruire. C'est la partie la plus compliquée. Presque mille hommes en seront chargés, pour la plupart militaires ou paramilitaires formés au maniement des armes. Ils ont des lance-rockets, du C4, des détonateurs. S'il y a des morts, ce sera là. Il s'agit de détruire physiquement 130 sites dans 53 pays. Nous désintégrerons l'alphabet.

Les salariés des corporations en charge de la sécurité du DNS – *RIPE NCC*, *WIDE*, *VeriSign*, *USC-ISI*, *Cogent*, l'université du Maryland, la *NASA*, l'*Internet Systems Consortium* et *Autonomica* – sont heureusement de la partie.

Personne ne devrait être blessé.

6/ Dynamiter les *data centers*

Là encore : lance-rockets, C4, détonateurs. Heureusement, il n'y a aucun être humain dans les *data centers*, mais des serveurs et de l'eau pour les refroidir. Ce sera moins dangereux que pour le DNS. *Wilshire* et *Equinix* aux États-Unis, *Telehouse* et *Global Switch* à Londres et à Paris, et deux cents autres centres seront détruits par deux mille hommes, ce qui, ajouté à la destruction des contenus, à la mise en panne des logiciels, à la coupure des câbles et à la destruction du DNS, finira d'anéantir Internet.

J'ai le sentiment d'être connecté au serveur de l'Histoire. Ce ne sera pas le nom de Paul Mercier qui y sera gravé, ni celui de Julia Anders, mais le mien, moi, Robin Valéry, l'homme qui aura donné et qui aura repris.

Nous y sommes. Paul sur un lit d'hôpital, moi à la tête d'une armée. Tout ça nous l'avons fait avec des calculatrices et quelques algorithmes.

De quelle tragédie aurons-nous été les auteurs ? De combien de temps la mémoire collective aura-t-elle besoin pour oublier qu'elle n'a plus touché terre ?

Je me déteste parce que l'homme a aimé ce que j'ai fait.

Le travail de Paul ne nécessite aucune correction. Je modifie cependant quelques lignes par pur souci esthétique. J'aime quand je peux voir d'un seul coup où va le code. Celui-là, grâce à moi, est parfait. Je rends hommage au travail de Paul en nettoyant les fonctions surchargées.

Par précaution, je sauvegarde l'ensemble sur un dossier que je prends soin de dissimuler, comme d'habitude, derrière de faux dossiers, de faux programmes et des fichiers cryptés. Je formate la clé USB que Paul m'a donnée. Tout est sur mon ordinateur désormais. Je suis le seul à pouvoir piloter les opérations. Je crée également une interface cachée sur mon ordinateur, mais moins bien cachée que la vraie. Ainsi, même si un informaticien brillant accède à mon disque avant le lancement, non seulement il n'aura pas la moindre chance de trouver les informations relatives à Pandora, mais en plus il croira les avoir trouvées et téléchargera un leurre. Enfin, je mets au point un programme chargé d'écraser automatiquement l'ensemble des données, y compris les fausses, à treize heures zéro zéro. Malone ne sera pas en mesure de prouver quoi que ce soit. Je serai à la fois glorifié et innocenté. C'en sera fini du réseau. Fini Internet. Il me restera Liz, Arthur, des centaines de millions de dollars, ma statuette de Donald déguisé en Freud et mon affiche de Megan Fox dédicacée par

Megan Fox, dont le coin est maintenant déchiré (on ne sort pas vivant d'un tel combat sans cicatrice). Paul me remerciera jusqu'à la mort. Et si je meurs avant lui, il prononcera un discours à mon enterrement.

Je vérifie par la fenêtre : les agents du FBI sont encore là. Les embruns que le vent porte depuis la baie dessinent des larmes sur leur capot. Les réverbères déploient une lumière sans pli. Ils ressemblent à des acteurs. Je les imagine en train de nettoyer leurs fusils.

— Liz, ma chérie, je te réveille ?

— Il est deux heures du matin. Tu rentres dormir ?

— Non.

Je l'entends soupirer.

— Demain, dis-je, tu seras fière de moi.

Elle change de voix.

— Qu'est-ce que tu vas faire ?

— Je ne peux pas le dire.

— Tu vas remplacer Paul...

— Je te dis que je ne peux rien dire.

— Nous sommes sur écoute ?

— Non, je suis sur Routeur Oignon.

— Je ne comprends rien à ce que tu dis.

— Les Routeurs Oignon permettent de...

— Tout ça c'est à cause de Julia, coupe-t-elle.

— Tu ne dois pas t'inquiéter.

— Pense à Arthur.

— Justement, j'y pense.

— Pense à moi.

— Nous nous retrouverons.

— Si tu ne rentres pas ce soir, Robin, demain je ne serai plus là.

— Je rentrerai demain soir.

— M'as-tu entendue ?

— Bonne nuit, Liz.

— Ne sois pas con !

— Bonne nuit mon amour.

— Je ne serai plus là, Robin, tu nous auras perdus pour toujours.

— Dis à Arthur que je l'aime.

Il est tard et je suis fatigué. Une fatigue d'enfant, comme après un week-end à la montagne. Mes tempes tièdes, j'ai faim. Je ne peux pas dormir. Surfer sur Internet… Une dernière fois.

Être vivant. Jouer.

Je vais dans la cuisine où je n'ai jamais cuisiné. Je me sers un whisky dans un verre à jus d'orange, je sniffe un rail de cocaïne et je prends place devant l'ordinateur. Je commande l'affichage de mes sites favoris, mes forums, mes wikis.

Je visite les sites habituels. Je revois leur organisation, leurs CMS, les fonctions, les protocoles, l'esthétique HTML 5… tant de beauté vers rien !

Je m'attarde sur Youtube où je visionne des vidéos au hasard. Des millions d'amateurs ont filmé leurs familles, leurs chats ou eux-mêmes dans une chambre qui est la chambre de tout le monde, délires militants, exploits, discours de mariage, conférences, bagarres, dérapages, sketches, torture, publicités. L'humanité est pathétique, j'ai lu ça dans un roman de Kundera. Beaucoup de vidéos montrent des Américains en train de se vider des seaux d'eau froide sur la tête. Sur d'autres, des starlettes se déhanchent sans se déshabiller tout à fait, car la morale sur Internet n'est pas ce qui freine mais ce qui excite. Une des vidéos les plus regardées montre un arc-en-ciel filmé par un amateur qui répète en criant : « *Oh, my god ! Oh, my god !* » Plus loin, une fillette prévient les auditeurs que ses parents la frappent et qu'elle va se tuer s'ils continuent ; la vidéo a été postée il y a trois ans. Je clique encore et je vois un chien courir derrière un cerceau que son maître a accroché à sa queue.

Internet est triste.

Sur Facebook, je retrouve les milliers d'amis qui ne sont pas mes amis. Je vois leurs messages et leurs photos. Le plus souvent, ce sont des portraits d'eux-mêmes photographiés par eux-mêmes, à bout de bras, mal cadrés, on voit les imperfections de la peau, les poils du nez, la moisissure à la racine des dents. Je patauge dans la ronde semi-privée où des semi-inconnus reniflent leurs propres pets. Je trouve par hasard la vidéo du chien et du cerceau.

Internet est fictif.

Je me rends ensuite dans les sphères où on échange de la musique, des films, des livres et des photos dont on ne possède pas les droits. Les chefs-d'œuvre n'y sont pas. Les films piratés sont sortis récemment. Péplums, super-héros… Tout est gratuit mais rien n'est bon.

Internet est inculte.

Finalement, je décide de me rendre sur les sites porno, qui sont la raison d'être du web. Le reste n'aura été qu'un prétexte inventé dans le seul but de faire à l'exhibitionnisme une place au soleil.

Internet est pervers.

Je vais voir les anciens films d'abord et les stars d'une époque où la pilule existait mais pas le sida, VHS numérisées, sexes touffus, plans à trois, plaisirs interdits et raffinés, scénarios choisis. Je suis triste en pensant que je ne verrai plus les seins lumineux de Brigitte Lahaie ni la bouche frauduleuse de Kay Parker ni la langue affamée de Seka. Mes amours, oh mes petites chéries ! Leurs sourires m'excitent plus que leurs seins, car c'est à la caméra qu'elles sourient tandis qu'elles offrent le reste aux étalons qui les hussardent. Je quitte les sirènes des *seventies* pour les néréides violentes et épilées des années 2000. D'abord Clara Morgane, notre Française à tous. Je ressens une vive émotion à l'idée que c'est la dernière fois que je vois sa bouche descendre le long d'un pénis : cette façon qu'elle a de laisser traîner sa lèvre supérieure, sa signature. Les folles furieuses Tori Black, Janine Lindemulder et Kayden Kross implorent des types baroques, gonflés, idiots, méchants comme des animaux, de les réduire en cendres ; elles s'unissent à leurs propres corps.

Je me masturbe énergiquement, je transpire ; le verre de whisky est vide.

Enfin, je m'abandonne à Silvie Delux, beauté vulgaire, puis à Stoya, chatte à la peau blanche, et à Tiffany Thompson, impondérable comme un Modigliani, naïve, presque amoureuse, patiente, consolatrice. Vénus, comme tu me manques déjà ! Comme tu me manqueras !

J'essuie mon sexe qui a pleuré ; je ne prends pas la peine de jeter le mouchoir ; il restera près du clavier pendant que je piloterai la destruction du réseau, preuve que le territoire a été conquis mais que la terre était stérile.

Les agents du FBI chargés officiellement de veiller sur moi continuent de me surveiller officieusement. Le ciel est absolument pacifique. Un avion y fend l'ongle d'une main invisible. Des jeunes femmes suivent leurs poussettes en fredonnant des chansons. Un Américain s'adonne à son footing ; il court après une certaine image de lui-même, musique dans les oreilles. La ville est toujours la ville : amoncellements, solitudes agrégées. Les citoyens d'Occident ne se doutent pas que bientôt Internet n'existera plus. Ils seront privés de leurs comptes Facebook et Paypal, Google, Amazon, des applications de leurs iPhone, leurs services de géolocalisation, leurs émoticônes, à nouveau isolés et contraints par la chair, réduits à la seule expression physique de leur identité. Pourtant, me dis-je soudain, il y aura encore cet avion et ces poussettes, ce joggeur, ces voitures, ces magasins, il y aura encore l'océan, la monnaie. Ce qui est pour moi l'Armageddon pourrait ne constituer aux yeux du monde qu'un simple contretemps. Les Occidentaux seront gênés mais se débrouilleront.

Est-il possible qu'Internet ait été un détail de l'Histoire ? Avons-nous surnommé cette innovation « révolution » sous prétexte que nous en étions les concepteurs ?

Internet n'a-t-il été qu'un moyen ?

J'effectue, comme chaque matin, ma recherche au hasard sur Wikipédia.

Metis (Μῆτις, « wisdom », « skill », or « craft »), in ancient Greek religion, was of the Titan generation and, like several primordial figures, an Oceanid, in the sense that Metis was born of Oceanus and his sister Tethys, of an earlier age than Zeus and his siblings. Metis was the first great spouse of Zeus, and also his cousin. Zeus is himself titled Mêtieta, « the wise counsellor », in the Homeric poems...

Je me dis que le drame moderne tient en cette courte phrase : mètis (*μῆτις*) est en train de détruire et de remplacer sophia (*σοφία*). Ce n'est pas la force l'ennemie de la sagesse, mais la ruse. Il nous faut craindre ce qui est malin.

Parce que c'est la dernière fois, je prends le temps de consulter un deuxième article.

Tragedy (from the Greek : τραγῳδία, tragōidia) is a form of drama based on human suffering that invokes in its audience an accompanying catharsis or pleasure in the viewing. While many cultures have developed forms that provoke this paradoxical response, the term tragedy often refers to a specific tradition of drama that has played a unique and important role historically in the self-definition of Western civilization. That tradition has been multiple and discontinuous, yet the term has often been used to invoke a powerful effect of cultural identity and historical continuity – « the Greeks and the Elizabethans, in one cultural form ; Hellenes and Christians, in a common activity », *as Raymond Williams puts it.*

Wikipédia ne va-t-elle pas manquer au monde ? Comment ferons-nous lorsque nous devrons nous référer à *Universalis* et à l'*Encyclopædia Britannica* ? Que restera-t-il de cet empire de savoir accumulé selon des procédés participatifs ? Une erreur 404 ?

Heureusement, Wikipédia survivra à l'intérieur de mon cerveau. Chacun des articles appris lorsque je m'éveillais : villes, clubs de foot, divinités, événements historiques. L'encyclopédie vivra à l'intérieur de moi.

Que deviendront mes employés ? Que deviendraient les pêcheurs si l'océan disparaissait ?

Ce n'est pas tant que j'éprouve une quelconque forme de tristesse à leur égard, mais plutôt un vertige en pensant aux formalités de licenciement. Dieu soit loué, mes sièges sociaux sont en Californie. En France, il y aurait eu des piquets de grève et des reportages à la télévision. Aux *States*, l'euthanasie des personnes morales est autorisée.

Le désordre causé par le cambriolage me semble pire – plus grave, *symbolique* – maintenant qu'il fait jour. On a vidé mes tiroirs de chaussettes, le parquet est rayé, les rideaux déchirés.

— Allô, Robin.

— Julia, comment va Paul ?

— Les médecins disent qu'il a besoin de repos.

— Et les flics ?

— Ils ne m'autorisent toujours pas à le voir.

— Ne t'inquiète pas.

Elle se tait quelques secondes.

— Puis-je passer ? demande-t-elle.

Une idée s'allume en moi, inattendue mais tenace : je veux faire l'amour à Julia. Maintenant.

— Je t'envoie l'adresse pour que tu me géolocalises. Es-tu encore à l'hôpital ?

— Oui.

— As-tu vu Awa, la petite Indienne ?

— Non.

— Des nouvelles de sa mère ?

— Je demande aux médecins si tu veux.

— Pas la peine, je préfère croire que ça s'est bien terminé.

— Les flics m'ont dit qu'il y avait eu un cambriolage.

— C'est vrai.

— Tu vas bien ?

— Oui.

— J'arrive, je t'aiderai.

Elle a enfin compris qui était le chef.

— Veux-tu que je prévienne Euler ?

— Non, répond-elle, j'ai une voiture.

— Tu ne sais pas ce que tu perds.

On sonne chez moi : Diego. En ouvrant la porte, j'aperçois un des agents de police en train de téléphoner, sans doute pour expliquer à son patron qu'un Salvadorien couvert de tatouages est venu me rendre visite.

— Diego, qu'y a-t-il ?

— *Elpis*.

— Et alors ?

— Je voudrais être avec vous lorsque vous lancerez Pandora.

— Ne me fais-tu pas confiance ?

Diego est tendu, ses muscles se contractent : les tatouages déformés.

— Je voudrais être avec vous, répète-t-il.

S'il reste, je ne pourrai pas sauter Julia.

— Tu devrais rentrer chez toi, dis-je en m'efforçant d'adopter un ton autoritaire. Il y a deux agents du FBI en planque devant la maison et je n'ai pas besoin qu'ils s'intéressent à mes liens avec un repris de justice.

— Cet après-midi, ils pourront poser les questions qu'ils voudront.

— C'est pour cela que je voudrais que tu rentres chez toi.

Diego reste planté sur mon palier comme un arbre. Espère-t-il me voler la vedette en me disputant le rôle de chef ? Ce rôle me revient de droit. Qu'ont-ils tous à la fin ? C'est à moi que Paul a donné la clé USB. Je veux être seul auprès du gouvernail, avec l'Histoire, pour plaire à Paul et retrouver son amitié, seul à agir, pour Arthur et pour que Liz soit fière de moi. J'accepterai à la rigueur la présence de Julia, parce qu'elle n'y connaît rien, contrairement à Diego, et parce que c'est une femme ; c'est important d'avoir des femmes qui n'y connaissent rien auprès des héros, pour les admirer, s'offrir à eux ; il me faut un trophée.

Je suis le guérisseur du monde, celui qui dépossède. Diego n'aura été qu'un instrument parmi dix mille instruments ; Julia n'aura rien fait car elle ne sait rien faire ; quant à Paul, il ne sera pas passé loin, mais c'est moi, Robin Valéry, dont l'Histoire se souviendra. Il n'y a pas de place sur mon trône pour d'autres divinités.

— Rentre chez toi, Diego.

— Non, répond-il en croisant les bras.

Ses deux énormes biceps couverts de tatouages sont pour le moins dissuasifs. Mon pouvoir sur lui est nul ;

je n'ai pas le charisme de Paul. Le charisme est un caractère naturel, on ne peut pas l'acheter ou le transmettre.

— Si tu ne pars pas, je demande au FBI de t'expulser.

— Vous aurez besoin de moi, insiste le chicano.

— Je n'ai besoin de personne.

Je fais un mouvement vers la porte dans le but de prévenir les agents ; Diego me barre le passage.

— Ne faites pas ça, gronde-t-il entre ses dents serrées.

— Tu ne me laisses pas le choix.

J'aperçois dans les yeux du Salvadorien une angoisse indéfinissable. Il me croit incapable de détruire Internet au point que cela le rend triste pour la Terre entière, nos enfants, les victimes à venir de la finance algorithmique et de la pornographie débridée. J'ai l'impression que la montagne va se mettre à pleurer.

— Je m'en vais mais je vous préviens, dit-il en désespoir de cause, si Pandora échoue, je vous tuerai.

Comme je ne réponds pas, il répète :

— Je vous tuerai.

Plus rien ne me fait peur, même pas cet homme qui, contrairement à moi, à nous, Paul, Julia, Larry Page, contrairement à Internet, possède des muscles et des mains.

Je m'exclame en riant :

— C'est ça !

Diego tourne les talons et part le front baissé.

— Tu es viré, dis-je.

Téléphone.

Malone n'a pas perdu de temps.

— Qui était le type aux tatouages ?

— Un de mes employés.

— Avez-vous beaucoup de membres de gangs parmi vos employés ?

— Un seul, vérifiez.

— J'ai vérifié, dit l'agent.

— Comment êtes-vous habillé ?

— Pardon ?

— Laissez tomber.

— Pouvez-vous m'expliquer pourquoi votre seul employé qui a fait de la prison vous rend visite aujourd'hui ?

— S'il ne m'avait pas rendu visite, vous auriez trouvé ça louche. La paranoïa absorbe rationnellement ce que le hasard a mis sur sa route.

— Vous devriez vous méfier.

— Pourquoi ?

— Les gens comme lui ne rigolent pas, prévient Malone à voix basse.

— Vous croyez que je rigole moi ?

— Je crois que vous ne savez pas ce qu'est le danger véritable.

— Cet homme n'est pas dangereux.

— Que voulait-il ?

— Me parler de Time Street, ai-je l'idée d'improviser.

— Je croyais que vous aviez vendu Time Street.

— Justement, Diego veut rejoindre les équipes de Marissa Mayer.

— Que lui avez-vous conseillé ?

— Quand Hermès veut travailler pour Athéna, Zeus ne le lui interdit pas.

— De toute manière, reprend Malone, tout cela n'a aucun sens puisque le réseau sera détruit, n'est-ce pas ?

— Vous me fatiguez.

— J'ai trouvé plusieurs tweets, poursuit-il.

— Laissez-moi deviner : ils disent qu'on va détruire Internet ?

— Pas exactement.

— Alors, que disent-ils ?

— « *Pour venger Aaron.* »

— Les Anonymous ont dû prévoir de lancer une attaque sur les serveurs du MIT…

— Ne faites pas ça, coupe Malone dans un sursaut.

— Ne pas faire quoi, bon sang ?

— Ne détruisez pas Internet.

On sonne chez moi : Julia.

— Je dois vous laisser.

— Ne faites pas ça, répète Malone avant que j'aie raccroché.

Julia a veillé sur Paul pendant une trentaine d'heures, à l'hôpital, près des machines à café, dans les salles d'attente surchauffées et les odeurs de désinfectant et de pipi.

Elle s'affale dans mon canapé. J'ai envie d'elle : sa frange hippie, son cul de magazine. Je m'imagine en train d'arracher son T-shirt et de me pencher si près de ses yeux que je pourrai m'y voir en train de ressembler à Paul. Puisque je suis le chef, à moi la guirlande…

— Je ne te dérange pas ?

— Non.

— Quel foutoir !

— On m'a cambriolé.

— Tu me l'as dit au téléphone, répond Julia sans compassion.

Je contemple ses jambes fines, ses lèvres agiles. Hélas, rien ne me laisse présager que le scénario se déroulera comme je voudrais.

Pourquoi est-elle venue ? Je devine… Elle ne me fait pas confiance, persuadée que si elle ne m'y pousse pas je ne déclencherai pas les opérations. Paul me l'a confirmé chez Buck's : Julia a toujours pensé que j'étais trop lâche pour participer à Pandora. Elle est venue me fliquer - je déteste ça.

— La voiture, c'est le FBI ?

— Oui.

— Ils sont là à cause du cambriolage ?

— Ils se méfient.

Julia se lève dans un mouvement de pouliche, ses cheveux liquides, ses seins comme deux petites planètes… Elle s'approche de la fenêtre.

— Alors tu vas piloter Pandora ?

— Oui, dis-je en essayant de laisser transparaître une désinvolture héroïque.

— C'est bien, dit-elle platement.

Nul doute : Julia est venue vérifier que j'appuie sur le bouton. Paul restera à ses yeux celui qui a fait l'essentiel. Mes espoirs érotiques finissent de se dissiper. Seule Liz est amoureuse de moi.

Maintenant je voudrais que Julia s'en aille. Je n'ai pas besoin qu'on me surveille, et puis comme ça j'aurai l'occasion de lui prouver que je suis capable de diriger Pandora sans elle. Peut-être qu'elle m'admirera enfin, et alors qui sait ce qui se passera ce soir ou demain.

Mon téléphone vibre.

— Allô ?

Rien.

— Allô, il y a quelqu'un ?

— C'est moi.

— Qui ?

J'entends un bracelet en bois.

— Awa !

— C'est elle, c'est moi.

— Comment va ta mère ?

— Elle boite mais elle marche, elle tousse mais elle respire. Je lui ai dit que tu avais de l'argent et que tu nous achèterais une maison avec un toboggan et un chat aux yeux verts.

— Comment as-tu eu mon numéro ?

— Je sais me servir de Google… Ton ami, je l'ai surveillé.

— Merci.

— Je l'ai fait pour que tu nous achètes une maison.

— Je t'en achèterai une.

— Tu as promis, n'est-ce pas ? Est-ce que tu as promis ?

— *I always pay my debts.*

— Quand ils ont emmené ton ami, quelqu'un est entré dans la chambre.

Malone en aura profité, me dis-je.

— Un Anglais en costume ?

— Non, une dame.

Je comprends mais il est trop tard, et à vrai dire j'ai un doute.

— C'était la fille avec les cheveux en guimauve, dit Awa.

Julia pointe une arme à feu dans ma direction.

Même avec une arme, Julia n'est pas effrayante. Nous avons cela en commun, elle et moi : nous avons passé trop de temps devant des écrans pour faire peur.

— Ce n'est pas un jeu, prévient-elle. Tu ne croyais quand même pas qu'on allait te laisser détruire Internet.

— Oh que oui c'est un jeu, dis-je. Et puis, qu'est-ce que tu y connais, toi, à Internet ?

— Tu es malade, Robin, comme Paul. Internet c'est le progrès, la fin des frontières, l'égalité des chances, c'est l'avenir du monde !

Elle a les yeux qui s'exorbitent. C'est ce qui arrive quand on n'a pas fait l'amour depuis longtemps.

— Tu es folle.

On se croirait sous un préau Montessori.

— Tu t'apprêtes à détruire Internet et tu me traites de folle ?

— Pose ça je te dis.

— Obéis-moi ou je te bute.

On m'aura envoyé un clone, sinon c'est une fille qui porte un masque, comme dans *Mission impossible*. Quelque chose en moi refuse que ce soit elle. Julia était au centre du projet Pandora, elle l'a mis sur pied avec Paul.

— Paul était moins con que toi, dit-elle quand je lui ai fait part de mes hésitations. Il ne m'a jamais fait confiance.

— Quand tu sais te servir d'un ordinateur, tu ne crois plus aux êtres humains.

— Arrête les conneries et donne-moi le programme, Robin.

Aucun doute : c'est elle, c'est Julia. Depuis le début, c'était elle : Pandore, Pandora. Ce sont ses yeux, sa voix, son impuissance maladive.

— Pourquoi es-tu passée de leur côté ?

— Je l'ai toujours été, répond-elle.

— Je n'y crois pas. Après tout, c'est toi qui m'as poussé à prendre la place de Paul.

— Tout aurait été plus facile si tu avais refusé. Mais je devais tâter le terrain pour voir si oui ou non tu constituais une menace une fois que Paul était hors jeu. Lorsque tu es parti avec la clé USB, quand tu as disparu dans la voiture d'Euler, j'ai cru un instant que ma mission avait échoué, c'était foutu, tu avais deviné ; mais tu étais trop occupé par ta volonté de torturer ce pauvre John, trop naïf et bête pour t'isoler avec la clé et piloter Pandora depuis un cybercafé.

Elle agit peut-être sous la contrainte, me dis-je, forcée par quelque facteur extérieur, un moyen de pression…

— Ont-ils enlevé ta mère, un ami ? Qu'ont-ils, Julia, pour te faire chanter ?

— Ils n'ont enlevé personne, je sais ce que je fais.

— As-tu un prêt à rembourser ? As-tu commis un crime ? Ont-ils des preuves ?

— J'agis de mon plein gré.

Voyant que je ne la prends pas au sérieux, elle s'énerve et brandit son pistolet minuscule.

— Tu vas te blesser, dis-je avec compassion.

C'est la première fois que je la vois en colère. Ça doit être sa façon d'exulter, faute d'orgasme. Le cœur est comme le reste du corps : il avale, digère et expulse ; autrement il explose.

— Ta gueule ! crie-t-elle.

C'est sûr désormais : la probabilité pour qu'elle se déshabille est réduite à zéro. Il faudra que je me contente d'imaginer ce qu'il y a sous son T-shirt de geek, son jean troué, sa culotte de collégienne friquée, sa chatte platonique, le parfum soyeux de son utilitarisme.

— Pour qui travailles-tu ?

— Le programme, Robin, où est-il ?

Si elle doit tirer, elle tirera. Je veux savoir au nom de qui, pour quoi.

— Le gouvernement ? L'Isoc ? L'Icann ? Google ? Facebook ? Amazon ? Netflix ? Al Gore ?

Elle esquisse une moue de mépris.

— Es-tu encore assez ingénu pour croire que ce ne sont pas les faces d'une même organisation ?

— Une complotiste !

Julia ne tirera pas. Je ne peux pas y croire. Elle est aussi lâche que moi, je le sens, je le sais. Les pleutres se reconnaissent comme des chiens de la même race.

— J'étais infiltrée depuis le début, dit-elle en se donnant des airs d'espion. Tout était faux. J'ai joué la naïve en demandant à Mercier de pirater les serveurs de l'Isoc. Pour vous plaire à lui comme à toi, il suffisait de quelques compliments.

— N'as-tu pas aimé Paul ?

— Jamais.

— As-tu été amoureuse au moins une fois dans ta vie, Julia ?

Elle réfléchit.

— Sur Chatroulette, ça a duré dix secondes. C'était un homme sans visage en train de se branler.

Cette fille est aussi tordue que moi. Je décide de la provoquer, je gagnerai du temps. Diego, peut-être, reviendra. Diego me sauvera.

— Il y a un point à propos duquel tu n'as pas menti, dis-je.

— Je vous ai menti depuis le début, répète-t-elle avec une voix de gamine qui a gagné à l'élastique.

— Ton incompétence n'était pas un mensonge. Tu ne sais pas comment Internet fonctionne. Tu ne sais pas coder, c'est-à-dire que tu ne sais pas parler, ni lire, ni écrire, tu es une analphabète.

Elle rougit, vexée. Je comprends qu'elle va tout faire pour me montrer qu'elle a les cartes en main, y compris répondre à mes questions ; alors je demande :

— Malone est-il dans le coup ?

— Malone n'est qu'un agent du FBI qui a trop bien fait son travail.

— Comment t'es-tu débrouillée pour qu'il ne te coffre pas ?

J'ajoute :

— Après tout, tu étais la suspecte numéro un.

— Je travaille pour des gens haut placés, répond Julia. Ils le lui ont interdit.

C'est un vélociraptor, une pute à sang froid. Je pense à toutes ces femmes célibataires, trentenaires sans enfants, ambitieuses, monstres que notre époque a créés en leur faisant croire que ça vaudrait le coup de troquer leur destin de femme contre une carrière d'homme.

— Le gros John, l'avez-vous tué ?

— Nous l'avons fait disparaître. Il paraît qu'on a trouvé un processeur dans son anus.

J'aurais dû m'en douter depuis le début, comprendre, savoir, sentir, me méfier de cette fille qui prétendait qu'il était possible d'aimer sans faire l'amour, lier sans rompre, croire sans nier, rassembler sans exclure.

— Donne-moi le programme, Robin, demande-t-elle une fois de plus.

Elle approche son arme de ma tête, comme si le canon était plus menaçant à trente centimètres qu'à cinquante.

— Si tu me tues, les flics entendront.

— Le gouvernement est de mon côté. L'affaire sera étouffée.

— Al Gore ?

— Pas seulement.

— Es-tu capable de me tuer ?

— Cela dépend de toi. Ou bien tu me donnes le programme, ou bien je t'empêcherai de l'exécuter.

— En m'exécutant ?

Silence.

— Donne-moi le programme, Robin…

C'est alors qu'il se passe quelque chose de très étonnant. Des moustaches me poussent sur le cœur : je me sens devenir français.

— Va te faire foutre, Julia. Toi, l'Icann, Google, Al Gore, allez tous vous faire foutre !

Le Général que chacun de mes compatriotes a dans le ventre s'est enfin réveillé. Merde, putain, c'est vrai, je suis français ! Nous sommes des *résistants*, clochards buveurs de grands crus, sangliers raffinés, fumeurs dès le matin, trois mille fromages dans la bouche, sexes prolixes et courageux, méchants par politesse, peuple dans l'héroïsme, mangeurs de gibier en brioche, saucissons d'âne, boudin, foies gras luisants aux flammes des bougies, têtes de veau gluantes, bécasses à cinq heures du matin... Soldats de la liberté, fils de la Révolution et du code civil, nous sommes les hackers de l'Histoire !

— Les Américains ont créé Internet, dis-je sans peur, les Français le détruiront.

— Bien sûr, répond Julia que mon sursaut n'inquiète pas une seconde. Tu n'es qu'un bébé, ajoute-t-elle avec une suffisance d'écrivain à succès. Il n'y a que ça dans la Vallée : des gosses incultes, de gros bébés pourris gâtés... Même Mercier est un gosse.

Julia est trop aveuglée par la prétendue importance de sa mission pour s'apercevoir qu'elle n'est pas moins immature et même plutôt semblable à nous, à la différence près qu'elle ne sait pas coder et qu'elle possède une arme.

Le canon de celle-ci continue de m'observer, prêt à cligner de l'œil pour toujours.

— Donne-moi le programme, Robin, c'est la dernière fois que je te le demande.

— Tu seras arrêtée. Il y aura une enquête, un procès...

— On me libérera sur ordre de Washington.

Julia enlève la sécurité. Ça rend la scène extrêmement vraie. Elle ne sait pas utiliser un ordinateur mais elle sait se servir d'une arme : l'Amérique et ses paradoxes...

— Je compte jusqu'à trois.

En est-elle capable ? Est-ce qu'elle tirera ?

— Un...

Je cherche dans son regard un tremblement, une hésitation.

— Deux...

Je pense à Arthur, à Liz et à mon affiche de Megan Fox dédicacée par Megan Fox, dont un coin a été déchiré.

— Okay, allons sur mon ordinateur.

— Tu n'as pas intérêt à jouer la montre.

Elle me regarde naviguer, cliquer, faire glisser les fenêtres, taper plusieurs mots de passe puis ouvrir un dossier. Je me demande pendant ce temps ce que les gens qui ne savent pas coder voient quand ils regardent un écran d'ordinateur. Que voyez-vous ? Une boîte magique ? Ne vous posez-vous pas la moindre question ? Ça ne vous dérange pas d'utiliser un objet sans savoir comment il fonctionne ? Ne vous sentez-vous pas idiots, dépassés, prisonniers ? Ne sentez-vous pas que vous vous éteignez une fois l'ordinateur allumé ?

— Voici Pandora, dis-je. Il suffit de lancer l'application et d'appuyer à midi sur une espèce de bouton qui enverra les ordres à des adresses IP distribuées partout dans le monde.

— Je dois passer un coup de fil, prévient Julia.

Quelle que soit la compétence technique de la personne à qui elle est en train de téléphoner, elle ne pourra voir que du feu dans mon pare-feu. Mais quand on est analphabète, comme Julia, on a l'impression que ceux qui savent écrire le savent autant les uns que les autres. On ne sait pas la différence qu'il y a entre un collégien et André Suarès. C'est pourquoi Julia croit qu'il suffit d'être informaticien de métier pour réussir à casser mes codes.

Elle pianote sur son téléphone. Dans les films, c'est le moment où le héros en profite pour arracher au malfrat son arme et la retourner contre lui.

Ceci n'est pas un film.

— Allô, dit Julia, c'est moi, que dois-je faire ?

Apparemment, son appel était attendu. Si Malone l'a mise sur écoute, il viendra me sauver.

Julia effectue une dizaine de manipulations de façon à donner à son interlocuteur la main sur mon disque dur. Un pressentiment m'agite une seconde. Est-ce que ma protection est vraiment inviolable ? Mais très vite, je suis rassuré. J'ai tout copié et faussé trois fois, ils ne se douteront de rien ; le labyrinthe est total ; un Minotaure s'y perdrait.

— C'est bon ? demande Julia au téléphone.

Elle semble satisfaite.

— As-tu une copie du programme ?

Faudra-t-il tout lui expliquer ?

— Pandora génère une liste d'adresses IP uniques, dis-je, qui changent toutes les secondes. Il suffit que votre gars modifie manuellement les modalités d'accès et ainsi, même si j'avais une copie, je ne pourrais plus rien en faire.

— Tu as entendu ?

Silence.

— Vérifie ! s'écrie-t-elle.

Elle semble avoir une certaine autorité. Ça me surprend qu'un informaticien soit assez faible pour se laisser dominer par une incompétente.

Je me dis qu'il faudra que j'invente un jeu vidéo dont le héros ne doit pas bouger pendant que les méchants essaient de trouver une justification pour le buter.

— À quoi bon te tuer ? finit par dire Julia quand elle a raccroché. Tu nous as déjà tellement aidés. Tu peux continuer à vivre puisque de toute façon tu es inoffensif.

En réalité elle n'a pas assez de courage pour me tuer. C'est à cause de cela que moi-même je n'ai pas tué le gros John.

Elle range l'arme dans son sac à main.

— Paul t'a toujours méprisé, ricane-t-elle en guise d'adieu.

La porte claque.

Je me retrouve seul dans mon appartement cambriolé, devant ma statuette de Donald déguisé en Freud et mon affiche de Megan Fox dédicacée par Megan Fox, le coin déchiré.

Paul est mon ami depuis l'enfance, il a toujours été mon ami, il ne peut pas me mépriser.

— Allô, est-ce que tout va bien ?

— Que voulez-vous, agent Malone ?

— Je voudrais savoir ce que vous a dit Mlle Anders.

— Elle est venue m'apporter des nouvelles de Paul.

— Elle voulait vous aider à planifier la destruction d'Internet, n'est-ce pas ?

— Vous n'avez rien compris !

Megan Fox me sourit : dents précises, poitrine éternelle ; Donald ne m'aidera pas à soigner mon Œdipe.

— Valéry, vous êtes là ?

Le soleil dévore l'océan après avoir terrassé la baie de San Francisco. Julia est partie pour toujours. Je ne l'enculerai pas.

Il est midi moins dix.

Il n'y a que quatre problèmes philosophiques vraiment sérieux : l'être, le libre arbitre, le désir et la mélancolie.

Ma mère ne m'a aimé qu'à moitié ; un fantôme avait crevé son ventre. Elle promettait de m'acheter une figurine, des bandes dessinées, un skate-board ; sa résolution était sincère au point qu'elle recevait mon remerciement comme si le cadeau avait déjà été acheté, emballé et déballé ; elle n'en parlait plus, et si je la relançais elle répondait que les adultes avaient des emplois du temps chargés.

À Noël, je recevais des *bons*. Bon pour une chaîne hi-fi. Bon pour une guitare. Deux jours à Eurodisney. Je les conservais dans un coffret que j'ouvrais pour me sentir riche et chanceux car je possédais des objets d'autant plus fantastiques qu'ils ne s'abîmeraient pas.

Un jour, ma mère m'offrit une calculatrice. Pour une fois, il ne s'agissait pas d'un projet d'amour mais d'amour véritable. J'ai décidé d'apprendre à m'en servir. Dès que je codais un programme, j'avais le sentiment de partager quelque chose de constructif avec mes parents. Mais j'avais beau coder de mieux en mieux, ma mère demeurait lointaine ; ses regards tombaient par la fenêtre. Elle cuisinait en oubliant de mettre de la sauce ou du fromage ; si j'en demandais elle répétait que je devais apprendre à me contenter de ce qu'elle me donnait car vraiment je commençais à lui taper sur le système ; aucun frère n'est venu alléger ma culpabilité.

Quand je lui expliquais que je voulais être pompier, astronaute ou archéologue, ma mère répétait que j'étais un enfant gâté et que je n'avais pas la moindre idée de la chance que j'avais de n'avoir besoin de rien. Ainsi m'a-t-on inculqué l'idée que je n'avais pas *le droit* d'avoir besoin de quelque chose. Une certaine confusion s'opéra dans mon esprit : je crus que le besoin se méritait et que je ne l'avais pas mérité.

Ma mère ne me détestait pas, et au fond je crois qu'elle aurait aimé m'aimer. Comme tant de choses dans la vie de ceux qui n'ont connu aucune guerre, j'ai été pour elle un acte manqué. Les actes manqués ont cela de rassurant que grâce à eux on a l'impression que l'essentiel est à venir. Ma mère adorait le futur entre elle et moi : quand je serais plus grand, prévoyait-elle, je pourrais « l'emmener au cinéma, au restaurant, en week-end au bord de la mer » – ce que mon père ne faisait pas.

Lorsqu'elle m'adressait des compliments, c'était toujours devant d'autres personnes. Je me souviens d'une rencontre avec la mère d'un de mes camarades de classe. Ce dernier pleurait car il avait eu une mauvaise note à un devoir de mathématiques. Sa mère expliqua à la mienne qu'elle venait d'annoncer à son fils qu'il n'aurait pas à Noël la console de jeu dont il rêvait.

— Vous vous rendez compte, disait-elle, si je lui offre une console, ses notes empireront. Des cours particuliers, voilà ce qu'il aura !

Les pleurs redoublèrent. Ma mère, comme d'habitude, se mit à rire.

— Moi j'ai de la chance, Robin a des notes entre dix-huit et vingt dans toutes les matières. C'est un génie, mon fils !

Pour des raisons qui m'échappaient, il était évident que la mère de mon camarade se sentait humiliée.

— Du coup, ajouta ma mère, Robin a tout ce qu'il veut. Il n'a besoin de rien. Je lui offre des figurines, des bandes dessinées, des skate-boards, des chaînes hi-fi, des séjours à Eurodisney. Tout ce qu'il veut, il l'a !

Mon père voyageait beaucoup, élégant, silencieux ; quand il était avec nous, il lisait le journal ou il faisait la sieste dans sa chambre ; ma mère m'interdisait de le déranger. Il achetait des entreprises qui fabriquaient des robinets, des pneus, des panneaux photovoltaïques, ce n'était pas important, car une fois l'entreprise achetée, la stratégie était la même : il savait comment gonfler la valeur et revendre les actifs indépendamment de ce qui avait généré cette valeur et des qualités tangibles de ces actifs. Il était du côté de la finance, pas de l'économie réelle. Dès que j'apercevais dans le firmament le trait surréaliste d'un avion, j'imaginais mon père à l'intérieur. Il allait à Paris, New York, Londres, partout où il y avait des immeubles et des salles de réunion. Il appartenait à cette nouvelle élite composée exclusivement d'individus qui avaient fait une grande école mais ne s'intéressaient ni à la Vérité (même s'il y avait Platon dans leur bibliothèque), ni à Dieu (même s'ils se mariaient à l'église), ni à l'Art (sauf pour les vernissages, la défiscalisation et la déco), ni à la Nature (même s'ils avaient des maisons à la campagne). J'ai suivi cette ligne, ambitieux par procuration, je désirais lui plaire. La nouvelle élite, intellectuellement nulle mais surdouée pour créer de l'argent, a donné naissance à ceux qui ont créé Internet. Nous, moi, les agresseurs de Paul, les complices de Julia. Ils nous ont engendrés et financés. En l'espace de deux générations, le Nombre est devenu une suite de signaux vulgaires et rapides. Nos mères ont pris les commandes du monde matériel, car les hommes comme mon père ne sont pas des guerriers (ils ont désespéré les instructeurs du service militaire au point qu'il a fallu le supprimer et réinventer la guerre), ils ne portent aucune forme de violence en eux ; ils ont des lubies, des collections, des voitures et des gadgets, des habitudes dans des restaurants, ils s'y connaissent en cigares, en cognac, en impôts ; ils pensent que la France est foutue et que ce qu'il y a d'important pour leurs enfants c'est de partir à l'étranger, si possible aux États-Unis, en Allemagne ou à la rigueur en Chine – surtout pas en Afrique.

Un dimanche, je voulus offrir à mon père un bricolage sur lequel j'avais travaillé plusieurs semaines : un vaisseau spatial avec du tissu, des fils de fer et un Playmobil en guise de pilote. Mais comme il faisait la sieste et parce que ma mère m'interdisait d'entrer dans leur chambre, je déposai le vaisseau devant la porte, sûr que mon père viendrait me complimenter pour ma débrouillardise dès qu'il se serait réveillé, après quoi je retournai à ces activités auxquelles s'adonne un enfant que la mère regrette d'avoir donné au monde : télévision, chocolat, cailloux par la fenêtre, etc. J'ai vendu mon enfance à l'ennui. Je l'imaginais, *l'ennui*, sous les traits du crocodile qui dans *Peter Pan* poursuit le Capitaine Crochet. En y repensant, je réalise qu'il s'agit d'une donnée à laquelle les physiciens devraient s'intéresser davantage : une façon pour le temps de peser sur l'espace au point de l'absorber.

Mon père n'a rien dit au sujet du vaisseau spatial, ni le soir ni le lendemain en partant prendre l'avion ; je n'ai jamais su s'il l'avait trouvé devant sa porte, ou si ma mère l'avait jeté avant qu'il puisse le découvrir ; je n'ai jamais été sûr d'ailleurs que mon vaisseau ait fini à la poubelle ; je préfère en douter. Douter que les autres vous aiment, c'est déjà être aimé un peu. Dans les moments difficiles, je me raccroche à ce doute en imaginant que dans le bureau de mon père (où je ne suis jamais entré, précisément pour cette raison), mon vaisseau trône sur une étagère, et que mon père le regarde parfois en pensant avec fierté à son fils qui travaille aux États-Unis.

J'ai demandé à ma mère d'acheter une calculatrice pour l'anniversaire de Paul. Elle l'a achetée car elle *aimait* Paul. Elle le trouvait bien élevé et ne tarissait pas de compliments à son sujet.

En plus de plaire à mes parents, Paul avait beaucoup de succès auprès des autres élèves du collège. Être vu avec lui dans la cour de récréation était un vrai honneur. Je sentais le regard envieux de mes camarades.

Ma mère me proposait d'inviter Paul pour le week-end, un dîner, un déjeuner, ce qu'il voudrait. Elle s'intéressait davantage à moi depuis que Paul était mon ami. Même mon père l'appréciait. Tout se passait bien. J'avais des amis parce que j'étais l'ami de Paul, mes parents m'aimaient parce que j'étais l'ami de Paul, et Paul était mon ami parce que je savais rédiger des programmes informatiques.

Un fossé à la lèvre herbue est venu tout gâcher. Ceux qui l'avaient franchi me regardaient en silence derrière Paul qui répétait : « Allez Robin, saute ! » J'ai fini par tourner les talons pendant que mes camarades continuaient la course d'orientation dont le tracé exigeait que le fossé fût franchi.

La honte est semblable à la piqûre d'un insecte venimeux : sur le moment elle est gênante mais c'est plus tard, la nuit, le lendemain, qu'elle démange et qu'elle blesse.

Persuadé que Paul ne me pardonnerait pas, je fis de cet événement un tournant décisif car je sentais (l'avais-je décidé ?) qu'il y avait là autre chose qu'un fossé ou une course d'orientation : j'avais obtenu la preuve que j'aurais beau être proche de Paul, je ne serais jamais de son côté du fossé.

Mon père s'est véritablement intéressé à moi lorsque j'ai commencé à gagner de l'argent. Nous avons créé plusieurs entreprises ensemble (sans que j'entre jamais dans son bureau, inquiet à l'idée de constater que le vaisseau spatial n'y était pas) ; je lui ai rapporté des millions ; je lui envoyais les *business plans* qu'il partageait avec des investisseurs, il me renvoyait des tableurs chiffrés, des documents à signer, je les lui renvoyais. Nous ne partagions pas grand-chose mais nous avions le même banquier.

Ma mère ne rate jamais une occasion de se féliciter de ma réussite en disant à ceux qu'elle rencontre (ses amies, les voisins, le boulanger, la coiffeuse, etc.) que si j'ai réussi aux États-Unis (rêve ultime : réussir aux États-Unis), c'est en grande partie grâce à sa conception libérale de l'éducation qu'il convient de donner à un enfant qui n'a besoin de rien.

Lorsque mon père a été malade, je suis rentré plusieurs semaines en France. J'ai retrouvé ma chambre d'adolescent, mes *bons*, mes angoisses. Ma mère me répétait, quand nous sortions de l'hôpital, que ce serait bien si nous partions quelques jours, elle et moi, mais elle remettait l'escapade à la semaine suivante, et si je la relançais elle finissait par dire qu'elle ne pouvait pas s'éloigner de mon père. « En fait, disait-elle pour changer de sujet, comment va Paul ? le gentil Paul ? A-t-il téléphoné ? » Pas une fois, pas une seule fois, elle n'a demandé des nouvelles de Liz ou d'Arthur.

Arthur n'est pas un algorithme. Liz et Arthur m'aiment parce qu'ils savent que j'ai besoin d'eux. Internet est ce à quoi je dois tout le reste : à défaut de l'amour de ma mère au moins sa fierté, à défaut de l'amour de mon père au moins son intérêt, à défaut de l'amitié de Paul au moins son désir de faire de moi quelqu'un d'autre. C'est d'Internet que provient la terre avec laquelle j'ai essayé de combler l'abîme qui me séparait de ceux dont je voulais être aimé. Même quand je les décevais, au moins ils ne m'oubliaient pas ; ils ne peuvent pas m'oublier tant qu'Internet existera.

Treize heures trente.

Les adresses IP sont perdues, le programme autodétruit ; chaque soldat a été congédié sans avoir combattu. Rien ni personne ne les réunira plus désormais.

Internet, c'est moi. Le réseau est vivant pour l'éternité.

Seize heures. J'ai viré un million de dollars sur un compte que j'ai fait ouvrir au nom d'Awa. Elle pourra acheter une maison, un toboggan et un chat aux yeux verts, puis voir venir, tranquille, la fin du monde, puisque la fin viendra.

Dix-sept heures.

Liz ne répond pas au téléphone. J'ai essayé de me noyer dans la piscine mais n'ai pas réussi à avoir du courage assez longtemps.

On sonne.

— Entrez.

Je ne prends pas le temps d'attraper une serviette. Ventre gras de mon reflet : il faudra songer au vélo d'appartement.

— C'est ouvert.

L'eau chlorée dégouline sur les dalles où elle laisse des traces qui finiront par sécher. Ça finit toujours par sécher.

— Liz ?

La porte est ouverte, sûrement un courant d'air. Je ne ferme jamais à clef lorsque je suis à l'intérieur.

Les agents de Malone ne sont plus là.

On me surprend par-derrière et on me colle contre le mur. La lame d'un couteau, un bras couvert de tatouages…

Aucun bruit.

Le geste est exécuté comme un programme. Mes mains, ma bouche, mes oreilles et mes yeux se remplissent de rien. Mélangé à l'eau de la piscine et à la crème solaire dont j'ai enduit mon nombril, le sang devient translucide, comme si je m'effaçais au lieu de mourir.

La couverture de *Où la lumière s'effondre*
a été imprimée avec le Pantone fluo n° 807
et pelliculée Soft Touch ;
la police utilisée est Elle Gabor Light, créée par Peter Gabor.
L'ouvrage, composé en Berkeley Old Style,
est imprimé sur papier Lac 2000.

Pour en savoir plus
sur les Éditions Plon
(catalogue complet, auteurs, titres,
revues de presse, vidéos, actualités...),
vous pouvez consulter notre site Internet :
www.plon.fr
et nous suivre sur les réseaux sociaux :
www.facebook.com/Editions.Plon
www.twitter.com/EditionsPlon

Cet ouvrage a été composé par IGS-CP
à L'Isle-d'Espagnac (16)

Cet ouvrage
a été achevé d'imprimer
sur Roto-Page
par l'Imprimerie Floch
à Mayenne en mai 2016